Nachtgedanken

MARLENE DIETRICH

Nachtgedanken

MARLENE DIETRICH

C. Bertelsmann

Die Zwischentexte und Gedichte übertrug
Reiner Pfleiderer ins Deutsche.
Die Viten erstellte Silke Ronneburg.
Die Buchgestaltung stammt von Sabine Hüttenkofer.

1. Auflage
Copyright © 2005 Marlene, Inc.
Copyright © der deutschsprachigen Ausgabe
by C. Bertelsmann Verlag, München,
in der Verlagsgruppe Random House GmbH
Copyright © der Viten by C. Bertelsmann Verlag, München
Copyright © des Layouts by C. Bertelsmann Verlag, München.
Papier: 130 g/qm holzfreies Bilderdruckpapier »Westminster«
von Geese Papier, Hamburg
Druck und Bindung: Passavia Druckservice GmbH, Passau
Printed in Germany
ISBN-10: 3-570-00874-6
ISBN-13: 978-3-570-00874-4

www.bertelsmann-verlag.de

Vorwort

Als meine Mutter beschloß, sich aus der Öffentlichkeit zurückzuziehen, als Abgesang auf ein Leben im Zeichen nicht enden wollender, maßloser Bewunderung, das die tägliche Herstellung perfekten Aussehens erforderte, hoffte sie, mit Hilfe pharmazeutischer Mittel vergessen zu können. Wenn diese Mittel ihren rastlosen Geist nicht beruhigen konnten, was allzu oft der Fall war, verwünschte sie die Nacht, knipste ihre Nachttischlampe aus Alabaster (einst der Stolz meines Vaters) an, nahm Stift und privates Briefpapier von dem neben ihr bereitliegenden Stapel – oder Noël Cowards tragbare Schreibmaschine, eine altmodische Hermes – und ließ, so ausgerüstet und wissend, daß keine Hoffnung auf Schlaf bestand, ihre Gedanken schweifen.

Würde es ihr gefallen, daß diese sehr privaten Augenblicke der Schlaflosigkeit sich nun auf diesen Seiten wiederfinden? Da sie völlig zurückgezogen lebte – das größte Paradoxon dieser zeitlosen Ikone –, bezweifle ich es. Und doch verdienen sie es, öffentlich gemacht zu werden, aus vielen Gründen.

Im Lauf der Jahre haben viele gefragt und tun es noch, warum Marlene Dietrich zur Einsiedlerin wurde; längst stand für sie fest, daß nur Eitelkeit der Grund gewesen sein konnte, daß sie die gefeierte Schönheit habe schützen müssen, das heißt, sie nicht der Zerstörung durch Desillusionierung habe preisgeben dürfen. Das ist nicht richtig. Meine Mutter zog sich zurück, weil sie es einfach satt hatte, Marlene Dietrich zu sein, weil sie die endlose Anstrengung leid war, die jenen Menschen abverlangt wird, die ein Ideal von Vollkommenheit verkörpern, ohne vollkommen zu sein. Niemand, der nicht selbst auf dem wackeligen Sockel erworbenen Ruhmes balancieren mußte, kann nachempfinden, was ein solcher Eiertanz so verletzlichen Menschen abverlangt. Häufig wird eine rigorose Einsamkeit als Ausweg gewählt.

Trotz der ihnen eigenen Traurigkeit, ihres von der Zeit geprägten Weltschmerzes finde ich diese unlängst entdeckten Gedanken dieser faszinierenden Frau – faszinierend.

Maria Riva
Palm Springs, Februar 2005

Would you	Würdest
Let me	Du mich
Sleep	Bitte
Please?	Schlafen lassen?
I lead	Ich führe das
The most	Traurigste Leben
Miserable	Ohne dich
Of lives	Darum laß mich
Without you	Bitte
So please	Wenigstens
At least	Schlafen.
Let	
Me sleep	

Marlene Dietrich
Hollywood, 1935

MAURICE
CHEVALIER

Maurice Chevalier
USA, dreißiger Jahre
Widmung: »Pour Marlaine – ton Maurice«

Pour Marlaine
Ton
Maurice

Ein passender Name!

Er war mehr als galant.

Ein um so größerer Vorzug, weil selbst erworben.

Am Anfang stand ihm das Glück bei – sein Talent war nicht überragend.

Er liebte die Bühne, das Leben – und später den Film.

Er war ein trauriger Mann mit gelegentlichen Anflügen von Humor. Wie einmal, als wir alle von den Studiobühnen rannten, weil die Erde bebte. Er stand vor seiner Garderobe, zog mich in seine Arme und sang: »Let's die together, mon amour.«

Trotz seines Erfolges wollte er nicht in Amerika leben und kehrte zum endlosen Erstaunen von ganz Hollywood nach Hause zurück.

Er lebte in Paris zurückgezogen – in trostloser Einsamkeit, ohne Liebe.

Er starb einen langen, qualvollen, bitteren Tod.

Unverdientermaßen, ungerechtfertigt.

Ein solches Schicksal nimmt dir allen Glauben.

Maurice Chevalier

Never mind	Kümmere dich nicht
Me –	Um mich –
I am	Ich bin
Easy	Leicht
To be	Zu täuschen
Deceived	So wie
Like	Meinesgleichen sich
The likes	Täuschen lassen
Of me	Tag für Tag
Are deceived	Ein leichtes
Day by day	Opfer
Such easy	Wie
Prey	Man sagt
Like	
They say	

Didn't you	Hast du
Know	Nicht bemerkt
I was beat?	Daß ich wie erschlagen war?
Couldn't	Daß ich nicht
Sleep	Schlafen
Didn't	Konnte
You know?	Hast du es
Where did	Nicht bemerkt?
Your intuitions	Wo ist
Go?	Dein Gespür
You knew	Geblieben?
Some time ago.	Vor einer Weile noch
	Hast du es bemerkt.

J E A N
GABIN

Jean Gabin und Marlene Dietrich
bei einer Party des Künstlers Bernard Lamotte
New York, Mai 1942

Ich kann nicht sagen, was all die Frauen, die er begehrte, wie betrunkene Schmetterlinge taumeln ließ.

Sein Aussehen?

Seine Augen?

Seine Stimme?

Ganz bestimmt nicht sein Aussehen!

Was man sein »Fluidum« nennt?

In anderen Sprachen kenne ich ein paar Ausdrücke – aber im Englischen fehlen mir die Worte. Im Französischen sagt eine Frau: »Je craque – Ich werde schwach.«

Es gibt ein Lied von Cole Porter: »You are so easy to love«.

Seine Anziehungskraft verdankte sich nicht nur seiner sexuellen Ausstrahlung, er zog Liebe aus den Herzen, so wie ein Magnet jedes Metall anzieht.

Mit der Peitsche in der Hand verlangte er Treue, die seiner eigenen gleichkam. Er war grob zu seinen Opfern, körperlich wie auch in der Liebe. Nicht leicht zu lieben, doch andererseits wahrhaft leicht zu lieben, obwohl es immer so schien, als erfüllte ferner Kanonendonner die Luft wie in einem Krieg und machte die Spannung um ihn herum zu etwas Normalem. Und dennoch galt bei ihm: »All quiet on the Western Front«. Die Atmosphäre, die ihn umgab, war so, als halte er eine glänzende Kette in der Hand, an die sein Schaf gebunden war. Er war kein Egoist. Er nahm sich nur wie ein König, was er wollte, und da er niemals auf Widerstand stieß, war die Faszination, die er ausübte, für ihn zur Selbstverständlichkeit geworden. Die Kamera fing diese Eigenschaften wunderbar ein. Sie überstrahlten sein außergewöhnliches Talent als Schauspieler.

Dies alles im Körper eines einfachen Mannes!

Ein Wunder!

Aber tief in seinem Innern ein hoffnungslos trauriger Mann. Hélas!

Jean Gabin

J'ai froid   Ich friere
Il n'y a pas   Da ist niemand
Quelqu'un   Der mir
Pour me donner   Ein wenig Liebe
Un peu d'amour   Ein wenig Wärme gibt
Un peu de chaleur   Mir durch
Pour   Die wenigen Tage
M'assister   Hilft
A confronter   Die mir noch bleiben
Les quelques jours   Ich friere.
Qui restent
A mon tour
J'ai froid.

Where are you –   Wo bist du –
the breath that   Atem, den
I loved   Ich liebte
the heart-beat   Herzschlag,
my   Den meine
love loved   Liebe liebte
and breathed   Und mit dem Schlagen
with your beat   Deines Herzens
of heart   Atmete.
Where are you   Wo bist du,
my long lasted   Liebe meines Lebens
love of my life!   Die so lange währte!

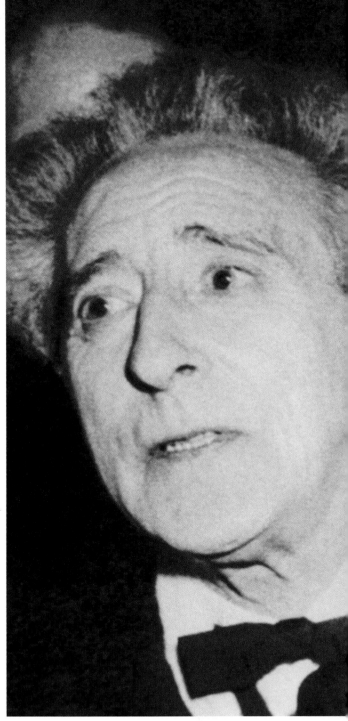

Er war ein Clown. Er alberte gern herum, und ich genoß seine Verehrung in vollen Zügen. Er sprach nie über seine Schriftstellerei – er hatte bessere Gesprächsthemen. Welchen Spaß wir hatten! Er betrachtete seinen Ruhm als wohlverdiente Selbstverständlichkeit.

JEAN
COCTEAU

Jean Cocteau und Marlene Dietrich bei einem Auftritt in Paris, fünfziger Jahre

There's an ill wind
blowing upon
my life
lately
never before
felt so hurting
belatedly
I ask why –
without answer
from sky nor hell.
All is well
with the world
that leaves me alone
to cry for the world.

Ein widriger Wind
weht
in mein Leben
in letzter Zeit
den nie zuvor
so schmerzlich
ich empfand
im nachhinein
Ich frage mich, warum –
ohne Antwort
von Himmel und Hölle.
Alles ist in Ordnung
mit der Welt
die mich alleine
um sie weinen läßt.

Leave the sun
Alone
What is it
You want?
You went to the
Moon
And what was
The grant
You received
From professors
And other
Accessors to
The throne of
Knowledge.

Laßt die Sonne
In Ruhe
Was wollt
Ihr denn?
Ihr flogt zum
Mond
Und was
Gaben sie euch mit
Die Professoren
Und anderen
Anwärter
auf den Wissensthron?

Jean Cocteau

Entre la	Zwischen
Colere	Wut
Et la	Und
Pitie	Mitleid
Je suis	Zieht es mich
Entrainee	In den
Dans la	Sumpf
Boue	Der Hoffnungslosigkeit
Du desespoir	Der Menschen
Des etres	Die mich
Qui	Umgeben
M'entourent	Die mich
Qui me	Plagen
Tracassent	Immerzu
Sans	Doch
Cesse	Ich lasse sie
Mais	Gewähren
Je les	Ich kann mich
Laisse	Ihrer nicht
Faire	Erwehren
Je ne	Sie sind
Peux pas	Stärker
Les taire	Als ich
Ils sont	Ja
Plus fort	So ist es.
Que moi	Es reicht!
Et c'est	Es reicht!
Ca.	
Ca va!	
Ca va!	

19

ALBERTO
GIACOMETTI

Ich sah im Museum of Modern Art die Skulptur eines Hundes und konnte nicht mehr die Augen von ihm wenden – ich, die ich Hunde normalerweise nicht mag. Der Name des Künstlers war mir unbekannt, aber er ging mir nicht mehr aus dem Sinn.

Als ich in Paris war, arrangierte ein Freund ein Treffen mit dem Mann, dessen Name mich verfolgte. Um Fotografen zu entgehen, wählten wir ein Bistro.

Der große Mann sprach nicht.

Erst später, als ich einer Einladung in sein Atelier folgte, erzählte er mir von seiner melancholischen Schwermut.

Er brachte mich zum Weinen.

Dann nahm er mein Gesicht in beide Hände und küßte meine Tränen fort.

Schweigend verbrachten wir lange, unwirklich anmutende Stunden, aber etwas wie Glück überglänzte sein Gesicht.

Er schenkte mir eine kleine Figur. Eine Nackte, die ich auf dem ganzen Weg zum Flugzeug nach New York in meinen Armen hielt.

Wir schrieben einander, bis er starb.

Between Fury	Zwischen Wut
And pity	Und Mitleid
My heart	Wie ein Pendel
Swings	Schwingt
Like a	Mein Herz.
Pendulum.	Kein Knobeln
No calculation	Kann dies Rätsel
Can solve	Lösen
This riddle	Ich denke wohl
I assume	Ich warte
I'll wait	Auf Erlösung
For salvation	Noch bis Mitte
Till	Herbst
The middle	Das Rätsel
Of Autumn	Zu entwirren.
To unravel	
The riddle	

Der Hund, 1957,
Bronze 47 x 100 x 15 cm,
Schenkung Margherite und
Aime Maeght

E D I T H
PIAF

Die Ironie des Schicksals verkörperte sich in einer bemitleidenswerten Person, deren erstaunliche emotionale Stärke beispiellos war.

Die ideale Kombination von Talent, Optimismus, Selbstvertrauen, Tatkraft und unermüdlichem Streben nach Erfüllung ihrer Ziele und ihrer Sehnsucht nach Liebe.

Ich konnte alle diese seltenen Eigenschaften aus nächster Nähe erleben.

Ein Ereignis geht mir nach: An einem sonnigen Morgen musste ich ihr die Nachricht überbringen, daß ihr Geliebter Marcel Cerdan bei einem Flugzeugabsturz ums Leben gekommen ist.

Ich zitterte vor Angst – sie starrte nur in den klaren Himmel.

Am Abend sollte sie in einem berühmten New Yorker Nachtklub singen, und ich wartete auf die Anweisung von ihr, den Auftritt abzusagen.

Sie wollte nichts davon wissen.

Als der Abend nahte, ging ich hin, um die Scheinwerfer neu einstellen zu lassen, und wartete, bis die Beleuchter das starke, auf die Sängerin gerichtete Licht herunterdrehten. Ich eilte ins Hotel zurück, und auf der Fahrt in den Klub flehte ich die Piaf an, ihr berühmtes Lied »Hymne à l'amour« (»Wenn du stirbst – sterbe auch ich«) an diesem Abend wegzulassen. Sie schüttelte nur den Kopf. Ich stand in den Seitenkulissen. Im Dunkeln liefen mir die Tränen.

Ihr nicht.

Eine gigantische Kraft wohnte in diesem zerbrechlichen Körper.

La difference	Der Unterschied
Entre	Zwischen
Les mal baisees	Den schlecht Geküßten
Et les	Und den
Bien baisees	Gut Geküßten
Est Apparent	Zeigt sich
Tout le temps	Immer
Suivant	In
Les heures	Den Stunden
Des jours	Den Tagen
Sans amour	Ohne Liebe
Et les	Und die
Mal baisees	Schlecht Geküßten
Courent	Irren
Toujours	Stets
Errants	Umher

Edith Piaf

I must have made	Ich muß
A pact	Einen Pakt
With some	Geschlossen haben
Devil	Mit einem
Who crossed	Teufel
My path	Der meinen Weg
Unseen	Gekreuzt
Unknown	Unbemerkt
To me.	Mir
Some wrath	Unbekannt.
Persuing me	Ein Zorn
Out of the past	Aus der Vergangenheit
Relentlessly	Verfolgt mich
Persuing me.	Verfolgt mich
	Unbarmherzig.

GILBERT
BÉCAUD

Marlene Dietrich wird in Paris (Orly)
von Gilbert Bécaud begrüßt,
1962

Zuerst bewunderte ich ihn aus der Ferne – dann wurden wir Freunde fürs Leben.

Ich sang seine Lieder auf Bühnen in aller Welt und nahm sie auf Schallplatten auf. Mein Lieblingslied »Marie-Marie« in vielen Sprachen. Bei der Strophe, in der der Gefangene von den wenigen heiteren Momenten in seinem tristen Leben erzählt – »Sonntags gibt es Nachtisch, und freitags Fisch« –, bekomme ich bis zum heutigen Tag Gänsehaut. Genau wie damals, als ich vor den überfüllten dunklen Theatersälen stand.

Er trotzte mit seinem Stil der scheußlich unmelodischen modernen Musik oder was sich heutzutage so nennt, und die Zuhörer jubelten ihm zu. Ich verneige mich vor ihm mit Respekt und Zuneigung.

Gilbert Bécaud

LE CHIEN QUI ABOIT   DER HUND, DER BELLT

Il y a   Da ist
Toujours   Immer
Le chien   Der Hund,
Qui aboit,   Der bellt,
Et moi,   Und ich,
Qui l'entends.   Die ihn hört.
Peu importe   Was kümmert da
La Solitude   Die Einsamkeit
Qui me prends   Die mich
Dans ses bras   In ihre Arme nimmt
La mille centieme Das hunderttausendste
Victime   Opfer
Du grand   Des großen
Débarras.   Entrümpelns.

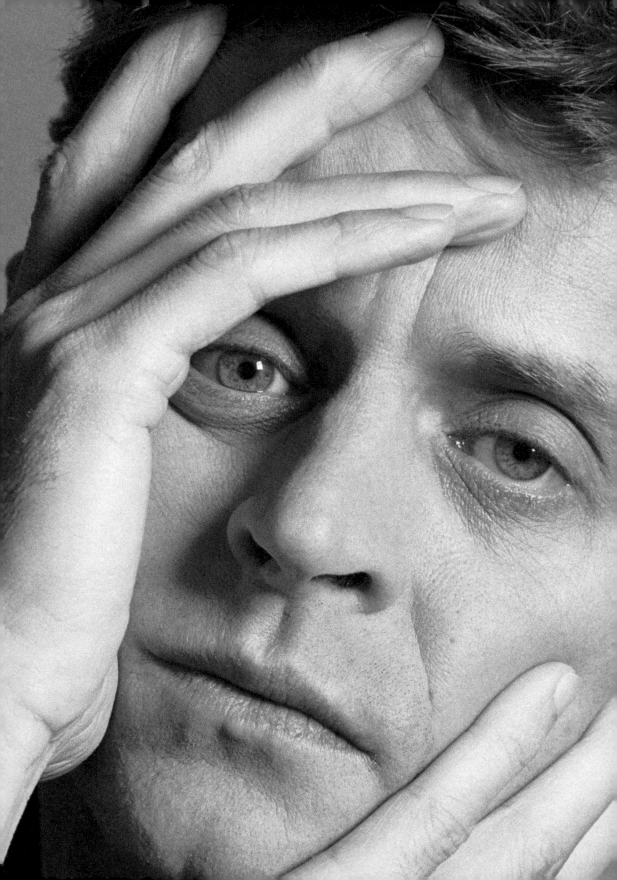

MICHAIL
BARISCHNIKOW

Es kommt sehr selten vor, daß ein Tänzer ein hochintelligenter, gebil-
deter Mann ist.

Durch einen dieser unerklärlichen Zufälle bekam ich Zugang zu seinem engen Freundeskreis.

Da wir beide viel auf Reisen waren, hielten wir über alle erdenklichen
verschlungenen Wege engen Kontakt.

Sein Talent in vielen verschiedenen Bereichen der Kunst ist wohlbe-
kannt und wird gerühmt – ich will nicht dieselben Loblieder anstim-
men.

Er ist der Mann, den ich anbetete.

Aufnahme vom 2. Januar 1992, Paris

BURT
BACHARACH

Eines Tages versuchte ich in meinem Bungalow im Beverly-Hill-Hotel verzweifelt, ein drängendes Problem zu lösen, das ich mir selbst aufgehalst hatte. Ich hatte meinem Freund Noël Coward, der mit seiner Einmannshow auf Amerikatournee war, meinen Dirigenten und Pianisten Peter Matz ausgeliehen.
Als Noël mich aus Washington anrief, flehte er mich an, ihm die »Leihgabe« bis zum Ende seiner Tournee zu überlassen.
Ich konnte es ihm nicht abschlagen.

Burt Bacharach
London, 1964

Bis zu meinem nächsten Engagement war es nur eine Woche hin. Je mehr ich mir darüber den Kopf zerbrach, wer mein neuer musikalischer Leiter werden sollte, desto unlösbarer erschien mir das Problem.

Dann klopfte es an die Eingangstür.

Ein gutaussehender junger Mann stand da. Ich kannte ihn nicht. Er sagte: »Mein Name ist Burt Bacharach – Peter Matz schickt mich.«

Ich musterte ihn – sehr, sehr jung und attraktiv, mit den blausten Augen, die ich je gesehen hatte.

Er ging geradewegs zum Klavier, setzte sich und sagte: »Welches Lied möchten Sie als erstes singen?«

Ich stolperte über einen Stuhl, griff nach meinen Blättern – Noten von »Look me over closely«.

Er blätterte durch die Seiten und sagte: »Die Art von Arrangement wollen Sie doch nicht, oder?«

Ich stotterte: »Wie stellen Sie sich denn das Lied vor?«

»So«, antwortete er und begann in einem Tempo zu spielen, das mich überraschte. Er sah mich an. »Los, versuchen Sie es mal.«

Ich versuchte es.

Bacharach hatte unendliche Geduld. Er sagte, ich solle mich »mitreißen lassen«. Zuerst wußte ich nicht, was er meinte. Er ging die gesamte Musik durch, spielte ein Lied nach dem anderen, machte sich hin und wieder Notizen, dann sagte er: »Morgen um zehn, einverstanden?«

Verblüfft nickte ich, und er ging.

Ich fragte ihn nicht einmal, wo er wohnte.

Ich wußte, daß er wiederkommen würde.

Was ich nicht wußte: Er sollte der wichtigste Mann in meinem Leben werden, nachdem ich beschlossen hatte, mich ganz der Bühne zu widmen. Er leitete nicht nur die Orchester und probte mit ihnen, sondern spielte auch göttlich Klavier, übte mit mir und gab mir, seiner gehorsamen Schülerin, Unterricht – alles auf einmal.

Mit seiner Geduld und seinem außergewöhnlichen musikalischen Talent machte er aus mir, der Nachtklubsängerin, einen Bühnenstar.

Wir reisten um die Welt. Ich machte es zu einem festen Bestandteil meiner Auftritte, ihn nicht nur vorzustellen, sondern dem Publikum auch von dem künstlerischen Reichtum zu erzählen, mit dem er mich ausgestattet hatte.

Burt Bacharach

Yesterday	Gestern
We laughed.	Haben wir gelacht.
Today	Heute
We don't	Lachen wir
Laugh	Nicht mehr
Any more	Die Tage ändern sich.
Days change.	Die Zeiten ändern sich
Times change	Oder gibt es
Or	Kein Lachen
Is there	Mehr
No more	Und danach
Laughter	Kein Lachen
And after	Und
No more laughter	Keine Freude
And joy?	Mehr?
What has	Was ist
Gone wrong?	Schiefgegangen?
Tell me	Sag mir
Tell me	Sag mir
What has	Was ist
Gone wrong!	Schiefgegangen!

LENA
HORNE

Künstlerin, Star, Musikerin, Lehrerin, Expertin in allen Spar-
ten ihres Metiers und obendrein die treueste Freundin, die
meine Verehrung mit Stolz und Würde entgegennahm – keine Spur von Eitelkeit in diesem schönen Körper!

Lena Horne
Autogrammkarte
Jahr der Aufnahme unbekannt

SATURDAY, 25.8.84	SAMSTAG, DEN 25.8.84
It's a lonely	Es ist ein einsamer
Afternoon	Nachmittag
And I see	Ich sehe
Geraniums bloomin'	Geranien blühen
And there's	Und es ist
Not a single	Kein einziger
Human	Mensch
In view.	in Sicht.
And I know	Und ich weiß
One place that's	Einen
Quiet	Ort
Where there's	Wo es ruhig ist
No-one passing	Und
By it	Wo nie jemand
12 Avenue Montaigne	Kommt vorbei
Apartment 4 G Two.	Avenue Montaigne 12
	Apartment Nummer 4 G Zwei.

Lena Horne

Paris 27. Dec. 83

It's my	Es ist mein
Birthday	Geburtstags-
Afternoon	Nachmittag
Everybody's	Alle
Playin –	Spielen –
Baby	Baby
And there's	Und da ist
Nothing	Nichts
That could	Was
Maybe	Mich
Save me	Retten könnt
From this	Vielleicht
Dreaded	Vor diesem
Afternoon	Gefürchteten
Don't spend	Nachmittag
This Kindergarten	Verbring
Lonely	Diesen
Afternoon	Einsamen
With me!	Kindergarten-
(and I don't envy-you)	Nachmittag
	Nicht
	Mit mir!
	(und ich beneide dich nicht)

HAROLD
ARLEN

Ein ganz seltenes Talent, gepaart mit einer noch selteneren Sensibilität, mit Intelligenz, Weisheit und Humor. Was für eine Kombination!
Freundlichkeit ist bei so begabten Menschen selten.
Ein Glück für mich, daß ich seine Lieblingsschülerin war.
Als ich endlich den Mut faßte, eines seiner Lieder zu singen, flog er nach London zur Premiere.
Dort saß ich, innerlich zitternd, auf der dunklen Bühne und sang »One For My Baby And One More For The Road« ins Scheinwerferlicht.
Mein Lieblingslied, mein liebster Abend im Theater.

Harold Arlen
New York, 1941

FULL MOON VOLLMOND

I've always	Ich hab's mir immer
Known	Schon Gedacht
Full Moon	Der Vollmond
Does make	Macht
Girls	Mädchen
Swoon.	Schwach.
Full Moon	Der Vollmond
Drives women	Macht Frauen
Crazy!	Verrückt!
Or so	Zumindest
Is their	Ist das ihre
Excuse	Entschuldigung
For their	Wenn sie etwas
Peculiar	Merkwürdig
Extraordinary	Ungewöhnliches
Behaviour.	Tun.
Men are not	Männer sind
Affected	Gegen Vollmond
By the Moon	Immun.
Or so	Hab ich zumindest
I've heard!	Gehört!
A little Bird	Ein Vöglein hat
Told me	Mir zugezwitschert
Be prepared	Hab Acht
For female's	Auf das
Strange	Sonderbare
Behaviour.	Verhalten
	Von Frauen.

Harold Arlen

Soon	Bald
You will	Ahnst du's
Learn	Im voraus
To anticipate	Und
And repudiate	Lernst es
Excuses!	Durchschauen!
Let them	Sollen sie
Walk on	Von mir aus
Roofs	Auf Dächern
So much	Wandeln!
I care!	Aber
But	Wer würde sich trauen
Who'd dare	Solche
Allow	Schwächen
Such	Von Frauen
Female	Zu tolerieren
Errors	Solange sie
When they get	Geld kassieren
Paid	Ganz gleich
Regardless	Wie tückisch
Of Moon's	Der Mond ist.
Terrors.	

What would	Was würde
I do	Ich tun
Without you	Ohne dich
Sounds	Klingt
Like a song	Wie ein Lied
But it is	Doch es ist
A message	Auch
Moreover	Eine Botschaft
Strong	Die dich
To remind	An ein Lied
You	Erinnern soll
Of a song	Das du einst
You once sang	Sangst
When	Als
Love was	Die Liebe
Foremost	In deinen Gedanken
In your	An erster Stelle stand.
Mind.	

Harold Arlen

Honey for the bee	Honig für die Biene
You are for me	Bist du für mich
I was told when	So sagte man mir
Young	Als ich jung war.
Well, the bell has	Nun hat die Glocke
Rung	Geschlagen
And has run wild	Und schlägt immer fort
In my brain	In meinem Kopf
With nothing to remain	Nichts ist geblieben
But the image of	Nur das Bild der
Time	Zeit
Some long lost	Ein längst vergangenes
Lost life all in vain	Leben, nutzlos und verloren,
With effortless efforts that	Mit mühelosen Mühen, die
Once were mine.	Einmal meine waren.

Entwurf für
ein Showkostüm
von Jean Louis,
Los Angeles,
fünfziger Jahre

JEAN
LOUIS

Er entwarf die Kleider für Las Vegas. Der alte Spruch »oft kopiert und nie
erreicht« könnte für ihn erfunden worden sein.
Er war kein bißchen eitel. Er war ein ziemlich schüchterner, kontaktscheu-
er Mann – eine seltene Kombination in der Welt der Nachtklubs, Spielkasinos und Theater überall in Amerika und Europa.
Ich habe Entwürfe und ihre hinreißenden Ausführungen an sicheren, ge-
heimen Orten.
Der Gute!

TRAVIS
BANTON

Der talentierteste Kostümbildner aller Zeiten!
Er erschuf die Leinwandfiguren mit derselben Inspiration wie die
Regisseure. Ein unermüdlicher Künstler – ein verständnisvoller Kol-
lege, ein Kamerad, ein behutsamer Lehrer, ein Beschützer –, vor
allem aber der Geburtshelfer vieler unterschiedlicher Rollen, die
Schauspielerinnen verkörperten – Frauen von heute, Vamps, Zigeu-
nerinnen, feine Damen, Kaiserinnen, Huren.
Exotische Geschöpfe verschiedenster Rassen.
Außerhalb der Arbeit war er ein unglücklicher Mann. In jenen Ta-
gen fristete die Homosexualität ein Dasein im verborgenen.

Travis Banton und Marlene Dietrich
Werkfoto zu ANGEL
USA 1937, Regie: Ernst Lubitsch

COME AND GET IT!!!	Komm und hol ihn!
If you won't come	Kommst du nicht
You won't get it!	Kriegst du ihn nicht!
YOU CAN CREEP,	Du kannst kriechen
Crawl or roll	Krabbeln
'Cause if you're	Rollstuhlfahren
Not there	Bist du nicht
You can't get it!	Da
With Henry Fonda	Kriegst du ihn nicht!
I wonda	Bei Henry Fonda
How you got away	Nimmt es mich Wunder
With this sordid,	Wie ihr
Morbid bit.	Durchgekommen seid
Please, say!!	Mit der makabren
Oscar always	Peinlichkeit
Needs a star	Sagt es, bitte!
Walkin	Oscar braucht
Talkin – there you are!	Immer einen Star
If you're dead –	Der geht
That we dread!	Und spricht – hier bitte!
Can't	Bist du tot –
COME AND GET IT!	Große Not!
We're above par!	Kannst du nicht
(In France	Kommen und ihn holen!
They call it	Wir sind das Nonplusultra!
»CAESAR« –	(In Frankreich
SAME	Nennt man ihn
SCHMEER	»César« –
LIKE HERE)	derselbe Schmu
	wie hier)

50

That much is	Soviel ist
Known:	Klar:
»Even	»Selbst
On crutches	Auf Krücken
You're welcome«	Wirst du entzücken«
So –	Drum
Come and get it!	Komm und hol ihn!
Oscar, thus far,	Oscar
Still needs	Braucht noch immer
A STAR:	Einen Star:
Myrna Loy,	Myrna Loy,
Was your joy!	Was your joy!
Scratching bottom	Jetzt stochert ihr
In the vacuum,	Kopflos
Harum – scarum –	Im Leeren herum
There you fumble –	Und sucht
And you aim	Einen Namen,
At a name	der, längst vergessen,
Long forgotten	aber noch willig,
But, still humble,	Euer Locken erhört:
Hears your rumble,	»Komm und hol ihn!«
»Come and get it«!	Und während ihr mauschelt
While you huddle	Noch miteinander
Sounds a voice	Ruft's laut und vernehmlich
LOUD AND CLEAR	Im Durcheinander
In all that muddle	»Nota bene
»NOTA BENE	Nehmt doch Marlene.«
TAKE MARLENE«.	

RICHARD
BURTON

Ein großer Schauspieler – eine großer Gentleman.

Er ging nie in die Fallen, die überall im Theater- und Filmgeschäft lauern.

Wäre er nicht anderweitig gebunden gewesen, hätte ich mich in ihn verliebt.

So aber erlag ich nur seinem Charisma – und wurde die Freundin, die er dringend brauchte.

Er vertraute auf mich – mit geschlossenen Augen kam ich mir vor wie seine platonische, aber treue Ehefrau, die sich mit seinen Eskapaden abfand.

Richard Burton
Hollywood, siebziger Jahre

I hear
And
My ear
Is erect
To detect
The source
Of the sounds.
Nevermind
If it mounts
To obliterate
The ordinary
Sounds
My ear
Is used to
But the
Sounds come
Like a drum
Multiplied
Into
A thousand
Fractions
Harrassing
My ear
Possessing
My ear
Destressing
My ear
Is it you
That
I hear?

Höre ich
Und
Ich lausche
Woher sie kommen.
Es macht nichts
Wenn sie lauter werden
Und die normalen
Geräusche
Übertönen
Die meinem Ohr
Vertraut sind
Doch die
Geräusche nahen
Wie ein Trommeln
Zerlegt
In
Tausend
Teile
Die mein Ohr
Belästigen
Es quälen
Und bedrängen
Bist du das
was
ich höre?

Richard Burton

Please draw the	Bitte zieht den
Curtain	Vorhang zu
We have worked	Wir haben
Enough –	Genug
Please draw the	Gearbeitet –
Curtain	Bitte zieht den
We have vomited	Vorhang zu
Our hearts	Wir haben
Enough	Unsere Seelen
We have nor more	Genug
To say	Erbrochen
We are mute	Wir haben nichts mehr
As mute can be	Zu sagen
We salute thee!	Wir sind stumm
The great	So stumm wie irgend möglich
Great	Wir grüßen dich!
Milky Way	Du große
They call	Große Milchstraße,
Broadway	Die man
	Broadway nennt.

FRANK
SINATRA

The Rat Pack at Carnegie Hall
(Dean Martin, Sammy Davies jun., Frank Sinatra)
Benefizkonzert zu Ehren von Dr. Martin Luther King
New York, 27. Januar 1961

Einer der sanftesten Männer, die ich kannte.

Das Image, das er sich mit genialer Zielstrebigkeit und in Kenntnis des von ihm gewählten Mediums zulegte, hat mit seinem wahren Ich ziemlich wenig zu tun.

Selbst in seiner Jugend war er weise wie ein Orakel.

Er schöpfte seine Talente genau im richtigen Maß aus, war den etablierten Köpfen der Branche immer einen Schritt voraus.

Im Privatleben konnte er mit persönlichem Charme alle Objekte seiner flüchtigen Begierde erobern.

Er mühte sich nie vergeblich – wenn von Mühe überhaupt die Rede sein kann.

Mühe gaben sich die anderen.

Eine überirdische Gabe, die er geschickt verstärkte.

Er ist zu intelligent, um bescheiden zu sein.

Aber diese gräßlichen Frauen ...

Frank Sinatra

Hysterical women	Hysterische Frauen
God protect me	Gott bewahre mich
From them and	Vor ihnen und
Their endless	Ihren endlosen
Complaints.	Klagen.
They make no sense.	Sie begreifen nichts.
Their immense	Ihre riesigen
Behinds	Hintern
Wiggle out	Wackeln aus
Of my room	Meinem Zimmer
Towards their	Ihrem
Doom of constant	Schicksal ewiger
Frustration	Frustration
There is one	Entgegen
Nation	Es gibt eine
That has a word	Nation
For it	Die hat
Not translatable	Ein Wort dafür
But relatable	Unübersetzbar
To all	Aber anwendbar
The women	Auf all
Who sleep	Die Frauen
Alone	Die alleine
And moan	Schlafen
About their	Und
Emptiness	Über ihre
Not nice –	Leere
I guess!	Klagen
	Nicht schön –
	Vermute ich!

CHARLIE
CHAPLIN

Marlene Dietrich und Charlie Chaplin
Hollywood, frühe dreißiger Jahre

Im richtigen Leben war er überhaupt nicht komisch. Ziemlich langweilig mit all seinen Geschichten über sexuelle Eroberungen.

Zwecklos, ihm ein gutes neues Buch zu bringen. Er würde sich wegdrehen wie ein beleidigtes Kind.

Er liebte seinen Ruhm auf beinahe kindliche Weise.

Seine mangelnde Bildung machte den Kontakt meist schwierig.

Wenn nicht unmöglich.

Sein Name wird niemals aus der Geschichte getilgt werden – genau wie er es geplant hat.

Charlie Chaplin

AMERICA   AMERIKA

The Land	Das Land
Of the Free	der Freiheit
You can go there	Du darfst hin
Be free	Es steht dir frei
To kill	Zu töten
The remains	Die Überreste
Thrown in	Werden auf den Müll
The trash	Geworfen
As long	Solange du
As you	Bei Kasse bist.
Have cash.	

SAM
GOLDWYN

Er war nicht nur berühmt für seine schöpferische Begabung, sondern auch für sein Analphabetentum.

Sein Ausspruch »Ich sage es Ihnen in zwei Worten: »*im possible*« war in der gesamten Filmwelt bekannt.

Er amüsierte sich köstlich darüber!

Er war ein freundlicher und einfacher Mann. Er glaubte inbrünstig an das Alte Testament und zitierte bei jeder Gelegenheit Weisheiten daraus. Tief in seinem Innern war er einsam.

Bei allen seinen liebenswerten menschlichen Zügen hatte er einen sechsten Sinn für Geschäfte – ein scharfer Gegensatz, der bei ein und derselben Person selten zu finden ist.

Er hatte ein sicheres Gespür für die unterschiedlichen Geschmäcker des Publikums in aller Welt und war darin allen seinen unerbittlichen Konkurrenten überlegen. Daß er sich darauf nichts einbildete, versetzte mich in Erstaunen und erhöhte meine Bewunderung für ihn.

»Erst die Arbeit, dann das Vergnügen« war sein Motto. Er beschloß, das Vergnügen zu vernachlässigen.

Es war nur natürlich, daß sein Privatleben unter seinen öffentlichen Aktivitäten litt, da er jedoch auch Fatalist war, kam er seelisch nicht zu Schaden. Es belustigte ihn, daß ihn einige Schmierenkomödianten als »brutal« bezeichneten. »Clowns« nannte er sie.

Sam Goldwyn
Jahr der Aufnahme unbekannt

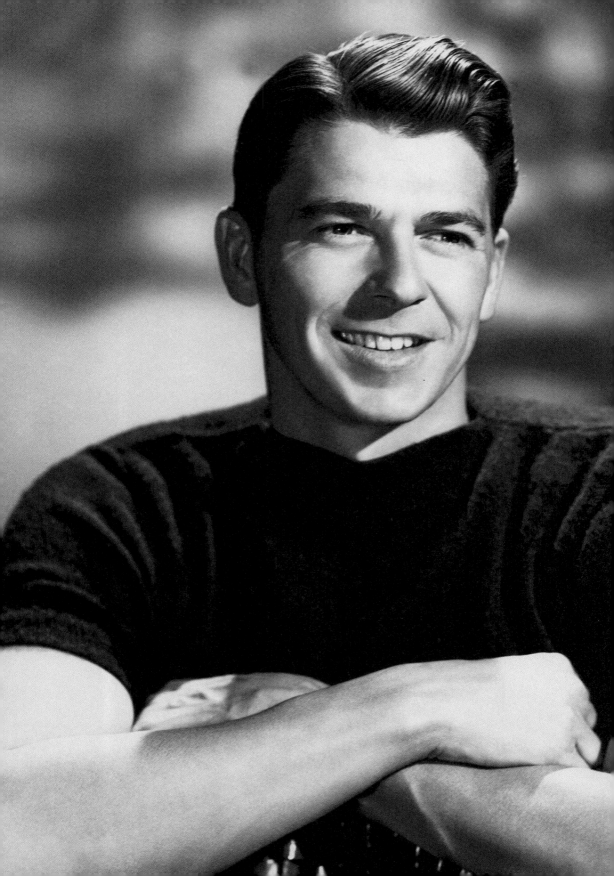

RONALD
REAGAN

Ronald Reagan
Autogrammkarte
Jahr der Aufnahme unbekannt

Ich kenne eine Seite seiner vielseitigen Persönlichkeit.

    Nicht den Schauspieler

    Nicht den Gouverneur

    Nicht den Präsidenten

    Nicht den Ehemann

    Nicht den Freund

sondern den einfachen Mitbewohner dieser Erde.

Keine Fragen – keine Antworten, sondern freiwillige nützliche Auskünfte über alltägliche Ereignisse oder Gefühle.

Eine ruhige Beziehung – grenzenloses Vertrauen, Zuversicht.

Eine stille Welt – nicht wiederholbar und wahrhaftig unbeschreiblich.

Ronald Reagan

A tense silence	Eine gespannte Stille
Grips me	Packt mich
Surrounds me	Umschließt mich
Grounds me to the	Drückt mich
Messy floor	Zu Boden
Around me	In den Schmutz
No Voice	Um mich her
No Wind	Keine Stimme
No Rain	Kein Wind
Just silence	Kein Regen
Will remain	Nur Stille
Around me	Wird bleiben
What a fate	Um mich her
»Too late – cried the Raven,	Welch ein Schicksal
Too late«	»Zu spät«, schrie der Rabe,
	»Zu spät«

JUDY
GARLAND

Judy Garland und Marlene Dietrich
New York, 1951

When you	Wenn du
Laugh	Lachst
My heart	Springt
Soars	Das Herz
Out of my	Mir
Chest	Aus der
And all my love	Brust
Leaps with it	Und meine ganze Liebe
Leaving me	springt mit
Empty	Und läßt
Till I hear	Mich leer
You	Zurück
Laugh	Bis ich
Again.	Dich
	Wieder lachen
	Hör.

Judy Garland

Things can fall apart	Dinge gehen entzwei
Too fast	So schnell
Before you know	Daß du's nicht merkst
You think	Du hältst
You're smart	Dich für klug –
But – NO	Von wegen
There's always	Es gibt immer
Someone smarter	Einen Klügeren
Than you	Als dich
I hate this game	Ich hasse dieses Spiel
Game	Spiel
without	Ohne
name.	Namen
Bud deadly	Und doch
All the	mörderisch.
same.	

YUL
BRYNNER

Yul Brynner
Mexiko, fünfziger Jahre

A supply	Ein Vorrat an
Of anger	Wut
In me	In mir
That doesn't	Auf
apply	Nichts und
To any particular	Niemanden
Issue	Bestimmtes
Or person	Ich möchte, daß
I wish you	Du davon weißt.
To know.	Doch diese
But the	Wütende Gewißheit
Angry certainty	Wurzelt tief
Is rooted	Und ich seh
And I see	Keinen Grund
No reason	Sie auszureißen
To uproot it	Der drohenden Gefahr
The poised	Muß
Threat	Irgendwann
Will have	Begegnet werden.
To be met	Sei unbesorgt
One day.	Niemand nimmt
Don't be	Schaden
Alarmed	Außer mir.
No-one is	Im Augenblick
Harmed	Kann ich nicht
But me.	Schweigen,
At the moment	Doch bald
I can't be	Vielleicht
Silent.	Werd ich es
And still,	Können.
Maybe	
Soon	
I will.	

Yul Brynner

Your	Dein
Wave	Winken
Of	Zum
Farewell	Abschied
Sliced	Schnitt mich
Me in two	Entzwei
More than	Mehr als ich
I could tell	sagen könnt
The days of	Die sorglosen Tage
Indifference	Sind längst
Are far away	Vorbei
Now	Ich bin ein Rohr
I sway with the wind	Im Wind
In the sails	Ohnmächtiger
Impotent	Groll
Irritation	Du aber
But you	Bleibst
Remain	Ein Fels
Indestructable	Wie's scheint
It seems	Kein Grund
No motivation	Für dein Verhalten
In your behaviour	Und
And	Wer
Who	Ist
Is	Dein
Your	Erlöser
Saviour	Meine Fragen
My questions	Bleiben
Remain	

SEX
SYMBOL

Es gibt noch eine lebende Legende – aber sie hat eine unerträgliche Haltung angenommen, die es unmöglich macht, ihr einst glanzvolles Image aufrechtzuerhalten.

Ihre Liebe zu Hunden ist erschreckend im Lichte des Grauens, das die Welt angesichts des Todes, des Leids, der Armut und Hilflosigkeit kranker verhungernder Kinder erfaßt.

A snake	Eine Schlange
Sheds the skin	Schlüpft aus ihrer Haut
Slithering out	Heraus
Leaves it behind.	Und läßt sie liegen.
We humans	Wir Menschen
Can't	Haben diese Gabe
Do the same	Nicht.
Isn't it	Ist das nicht
A shame!	Jammerschade!
We can't win	Wir können
Against time	Nicht siegen
Or decay	Gegen Zeit
Still we say	Und Verfall
»Wait a while«	Und dennoch sagen wir
And we walk	»Warte eine Weile«
That long mile	Und gehen
Still hoping	Die lange Meile
To keep death away	In der Hoffnung
From the door	Den Tod
Without aim	Von der Tür
We want more of the same.	Fernzuhalten
	Ohne Ziel
	Wir wollen mehr von demselben.

PEGGY
LEE

Der honigsüße Gesang, Timing und Phrasierung erinnern nicht an andere Stimmen, sondern wecken alle Sinne zu einem einzigartigen Genuß.

Dream world	Traumwelt
Undiscovered	Unbemerkt
By me	Von mir
Now	Tut sich nun auf
Opens itself	Und wird
To be	Bewohnt
Inhabited	Von Tausend
By thousands	Bislang unbekannten
Of women	Frauen
Unheard of	Die sich
Previously	»normale Menschen« nennen
Claiming to be	Wie sehr sie
»Ordinary People«	irren können?
How wrong	Besonders die eine!
Can they be?	
Mostly she!	

Peggy Lee,
um 1950

M A E
WEST

Eine gelassen und despotisch herrschende Queen. Unsere Studio-
garderoben lagen nebeneinander.
Ihre Einstellung – »Ihr könnt mich alle mal!« – wurde geschickt ka-
schiert, so geschickt, daß sie in jeder Beziehung das letzte Wort hatte, ohne dafür von den Menschen, mit denen sie zusammenarbeite-
te, angefangen bei den Regisseuren bis hinunter zu den Näherinnen,
die ihre fabelhaften Kostüme schneiderten, auch nur im geringsten
verachtet zu werden. In erster Linie beflügelte sie.
Sie mochte mich und machte mir Mut in schwierigen Stunden, wenn
ich wie ein bestraftes Kind weinte, nachdem man mich in meine
Garderobe zurückgeschickt hatte.
Sie konnte meinen Tyrannen nicht ausstehen und sagte es offen.
Sie war und ist der einzige Mensch ohne das geringste Anzeichen
eines Minderwertigkeitskomplexes, dem ich jemals begegnet bin.
Ein weiblicher Matador in der Arena der Filmindustrie.
Ihr Selbstbewußtsein strahlte wie ein Glorienschein und erhellte die
trübe Welt unseres Berufs.

Mae West, USA, dreißiger Jahre
Widmung: »To Marlene Dietrich
The admiration is mutual. Sincerely, Mae West«

To
Marlene Dietrich
The admiration is mutual
Sincerely
Mae West

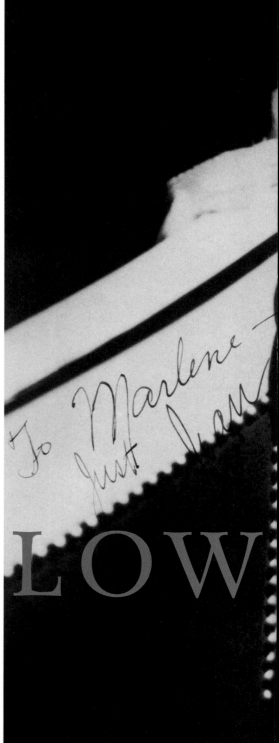

Jean Harlow
USA, dreißiger Jahre
Widmung: »To Marlene Just Jean«

JEAN
HARLOW

Sie war ein schönes, aber völlig harmloses Geschöpf. Fügsam und leicht zu lieben.

Sie machte ihre Arbeit wie eine Angestellte, pflichtbewußt, aber freudlos. Ihre Freuden waren anderer Art, darauf beschränkt, wenn sich eine Gelegenheit bot. Ihr größter Zuchtmeister war ihre Mutter.

Ihre intellektuellen Fähigkeiten reichten nicht aus, um dem Zirkus ihrer Jugend zu entrinnen.

Diese Schwäche war auch der Hauptgrund für ihren unwürdigen Tod.

Für »Christian Science« gibt es keine logische Erklärung...

So wurde der zierliche, wehrlose Körper das hilflose Opfer einer gefangenen, störrischen Seele.

So jung...

Jean Harlow

You don't know   Du weißt nicht
What it is being young   Was Jungsein bedeutet
When you are young.   Solange du jung bist.
You don't relish it   Du genießt es nicht
as you should   Wie du solltest
But you wish   Du wünschst dir
Time to rush by   Daß die Zeit verfliegt
To push   Und die Jugend
Youth behind you   Vertreibt
Like an illness.   Wie ein Leiden.
And enter the adult sphere   Und dann
To belong   Gehörst du
Not for a mere   Zur Erwachsenenwelt
Year   Nicht für
But forever   Ein Jahr nur
Whatever the weather   Sondern für immer
Whatever the stillness   Wie stürmisch
Confronting your door   Oder still
When you   Es auch sein mag
Are not   Vor deiner Tür
The young you   Wenn du
Anymore.   Nicht
                         Mehr
                         Das junge Du
                         Bist.

JUGEND

Wenn du jung bist –
hältst du alles für selbstverständlich,
den Sonnenaufgang, den Sonnenuntergang, den Mond, die Sterne, die
gute Erde.
Alles, was du in der Schule lernst, bleibt an der Oberfläche deines Verstands. Du weißt es, doch es ist dir gleich. Deine eigene Jugend ist zu laut in deinen Ohren und läßt keinen Raum für Fragen nach den Wundern des Planeten, den du bewohnst. Gefahren eingeschlossen! Eine Fähigkeit, der du dein ganzes späteres Leben nachtrauerst.

EIN POLITISCHES ENGAGEMENT – DAS GAR NICHT POLITISCH WAR

Wegen Hitler änderte ich meine Meinung über die Nichtexistenz von Himmel und Hölle – aber natürlich nur in bezug auf letztere.

Die Hölle war die einzige angemessene Strafe für die abscheulichen Verbrechen gegen die Menschlichkeit, in den normalen wie in den nicht normalen menschlichen Sphären.

Mit »den zweiten Sphären« meine ich die schöpferische Geistestätigkeit von Menschen.

Die künstlerische Entwicklung wurde im Keim erstickt. Dieses einst führende Land wurde zur Wiege bloßer technischer Errungenschaften, und aus dem Boden, der reich war an Elementen wie Phantasie, die den Geist befruchteten, statt den Magen zu füllen, wurde eine Wüste.

Die großen Philosophen, Dichter, Schriftsteller und Schöpfer des Magischen, die das seltene Glück hatten, seinem Haß zu entkommen – die ewigen Juden ziehen nun anderswohin.

Auch die neue Generation wird niemals ganz zur Ruhe kommen.

Schatten sind lang!

GENERAL
PATTON

Meine militärische Vaterfigur.
Als ich zum letzten Mal sein Hauptquartier in Richtung
Front verließ, gab er mir einen Revolver. Er war gegen die
Vorschriften des OSS, dem ich angehörte – und auf dessen
Befehl ich unbewaffnet bleiben sollte. Er vertraute mir.
Selbstverteidigung war der Grund für das Geschenk, und
ein sanfter Klaps auf meinen Rücken war ein Segen.

General George S. Patton und Marlene Dietrich
Nancy (Frankreich), Oktober 1944

The Most
Ferocious
Hatred
Directed
At the
Dictator
By little
Me
Found
Its way
Back
And made
Me
Bitter
Inside, and
It
Lay there
Until
It had
Poisoned
The
Whole
Body of me.
Pray
For
My soul!

Der grimmige
Haß
Den meine Wenigkeit
Gegen den
Diktator
Richtete
Fand den
Weg
Zu mir
Zurück
Erfüllte
Mich
Mit Bitterkeit
Und blieb da –
Bis mein
Ganzer
Körper
Vergiftet war.
Betet
für
meine Seele!

General Patton

It	Es
Is	Ist
Not the	Nicht die
Time	Zeit
To heal	Wunden
Wounds.	Zu heilen.
Wounds	Wunden
That are	Die zu tief
Too deep	Sind
To be	Um geheilt zu werden
Healed	Wir erfuhren
We felt	Wer?
Who	Die Angst vor
The terror	Dem Verlust
Of losing	Den man
Not choosing	Nicht selber wählt
To lose	Den Schrecken des Verlusts
But	Wenn man
Forced	Gezwungen wird
Into	Der Götter
The horror	Zu spotten
Of loss	
Mocking	
The gods	

GENERAL
DE GAULLE

Der Inbegriff von Mut.
Für mich war er ein Heiliger. Der vom Himmel kam, uns segnete, uns von
dem Übel erlöste. Nun wacht er aus weiter Ferne über uns.

I did not	Das habe ich
Deserve this	Nicht verdient
My mother	Sagte meine
Said.	Mutter.
I say the	Ich sage
Same.	Dasselbe.
But	Aber
How do we	Wie messen wir
Measure	Die Größe
The amount	Des Leids
Of misery	Von dem wir sprechen?
We name?	

Einzug in Paris
25. Mai 1944

ABE
LASTFOGEL

Die U.S.O. war seine Idee.

Sie wirkte Wunder – und übertraf noch seine Erwartungen.

Er strahlte Zuversicht aus. Er überzeugte berühmte mächtige Generäle, die normalerweise Dickschädel sind, davon, dass sein Vorhaben den durchschnittlichen Kampfsoldaten in Übersee bei Laune halten würde.

Er überredete Unterhaltungskünstler, die besten, die er kriegen konnte, nach Übersee zu fliegen und die Arbeit zu tun, deren gründlicher Vorbereitung er seine Tage und Nächte opferte.

Er mußte nicht nur herausfinden, wo die Divisionen, die das amerikanische Militär in den Krieg geschickt hatte, stationiert waren, sondern auch unseren Transport organisieren, nachdem man uns auf den Einsatz vorbereitet hatte.

Die Ausbildung begann: »Befehle befolgen« war der Schlüssel.

Wir bekamen Uniformen und Unterricht in den militärischen Verhaltensregeln, kein Detail wurde ausgelassen, geprobt wurde gewissenhaft, aber zügig, mehr Zeit wurde darauf verwendet, uns auf etwaige unvorhergesehene Zwischenfälle vorzubereiten – nichts wurde ausgelassen, auch Gefahren nicht.

»Befehle befolgen« gab uns ein Gefühl der Sicherheit.

Beim ersten Mal brachte er uns persönlich zum Flugzeug.

Ich warf ihm eine Kusshand zu.

»*Mazeltov*«, sagte er. »Viel Glück.«

U.S.O. CAMP SHOWS, Inc.
8 WEST 40th STREET, NEW YORK CITY

IN recognition of patriotic participation in the task of entertaining the men and women of the Armed Forces outside the borders of the United States of America,

MARLENE DIETRICH

OVERSEAS MEMBER

has been elected an Overseas Member of the U.S.O. Camp Shows, Inc.

U.S.O. NATIONAL BOARD   1944   U.S.O. CAMP SHOWS, INC.

CHAIRMAN   PRESIDENT

Mitgliedskarte von Marlene Dietrich für die U.S.O.
(United Service Organizations) Camp Shows, Inc.
New York, 1944

Hitler	Hitler
Made me	Verbitterte
Bitter	Mich
For the	Für den
Rest	Rest
Of my	Meines Lebens.
Life	Na und?
So what?	Sagen sie jetzt
They now say	Das ist
The water	Schnee von
Runs over	Gestern
The bridges	Vergiß es.
Of yesterday	Du hast
Forget it.	Das
You've	Seit
Met it	Damals
Since	Immer wieder
Then	Erlebt
In various	Da
Forms	Dort
Here	Und überall
There	In verschiedenen
And	Formen
Everywhere	Nicht
None	Nach
According	Den Normen
To norms	Doch
But	Anerkannt
Acknowledged	Von Gelehrten
By scholars	

Abe Lastfogel

Everywhere	Die nichts
Who know	Von unserm Leben
Nothing of	Wissen
Our lives	Und nur
And live	In Büchern
Only in	Leben
Books	Einsame
In sourly	Vergrämte
Lonely	Leben
Lives	In denen
Where	Niemand
Nobody	Für sie
Cooks	Kocht
Them	Armseliges Geschäft
A meal	Zu spät
Poor deal,	Dürften
Those	Diese
Scholars	Gelehrten
May realize	Ihr Los
Too late	Erkennen.
Their fate.	

ERICH MARIA
REMARQUE

Mein großer Freund und »Waffengefährte«.
Sie verbrannten seine Bücher zur Zeit des historischen Reichs-
tagsbrands. Ich verhalf ihm zu einem unbehelligten Aufent-
halt in Amerika und belustigte ihn, wenn er mich dabei er-
tappte, wie ich immer wieder und wieder seine Bücher las,
insbesondere *Im Westen nichts Neues* und *Der Weg zurück*.
Er war voller Komplexe. Ein schüchterner Mann, anspruchs-
los – unkompliziert im Zusammenleben, leicht zu lieben.
Welch ein Verlust!

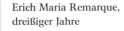

Widmung von Erich Maria Remarque für
Marlene Dietrich auf der Rückseite, in Sütter-
lin: »Tante Lena, Zuhr ewhigen Erinn Erunk
an die Zeiht wo ich wucks.«

Erich Maria Remarque,
dreißiger Jahre

Cold, suddenly –	Auf einmal kalt –
Making me	Das macht mir Angst
Frightened	Vor Verrat
Of treason	Obwohl
Though there's	Kein Grund besteht
No reason	An dir zu zweifeln
To doubt you.	Doch wer liebt
But lovers	Braucht keinen Grund
Need no reason	Zum Zweifeln.
To doubt.	Der Zweifel kommt
Doubt comes	Mit der Liebe
With love	In einem hübschen
In a nice firm	Paket
Package	»Gebrauchsfertig«
»All ready for use«	Wie man sie
Like	Verkauft
They sell it	Ohne zu bedenken
Not thinking	In welche Not
Of the hell it	Sie Herzen versetzen,
Puts hearts through,	Wie sie
Bruising the	Mit einem Schlag
Fine fibers	Die feinen Fasern
With one blow.	Verletzen.
It has been done	So war es früher
Before	Schon
And it goes on	Und wird es
Forever more,	Immer sein
However wrong	Der Zweifel
The doubt is strong	Sei er noch so falsch
How can one know	Ist stark
Where the betrayal lies	Wie soll man wissen
Amongst the lies.	Wo der Verrat sitzt
	Zwischen all den Lügen.

Erich Maria Remarque

Mine is	Meine Welt ist
A silent	Eine stille
World	Ohne
Without	Freunde
Friends	Sie
Who died	Starben
Before me	Vor mir
As they	Wie sie prophezeiten
Predicted	Auch wenn ich
Although	Ihnen
I contradicted	Damals
Them	Widersprach.
At the time.	Doch diese
But this	Stille
Silence	Anzunehmen
Is mine	Oder abzulehnen
To accept	Steht mir frei
Or reject	Obwohl ich weiß
Knowing	Es führt kein Weg
There is	Aus diesem
No solution	Angewiesensein
To this	Auf euch
Reliance	Solang ich leb
On you	
In my life-time	

The birds fly	Die Vögel fliegen
Past my	Vor meinem Fenster
Window	Vorbei
I am a Widow	Ich bin eine Witwe
Alone	Allein
I am prone	Neige
To Self-Pity	Zu Selbstmitleid
I fight Self-Pity	Und kämpfe dagegen an
As much as I might fight	So wie ich gegen den Teufel
The devil	Kämpfen könnt
The devil	Den Teufel
Who inhabits	Der in meinem Leben
My life	Wohnt
Makes me starve	Und der mich hungern läßt
Day in	Tagaus
Day out	Tagein
Trouble	Verdruß
TROUBLE	VERDRUSS
He invades my life	Er drängt sich in mein Leben
Why, I ask	Warum, frag ich
Why, would he bother	Warum, macht er sich diese Mühe
There are other	Es gibt doch andere
Humans	Menschen
He could bother	Die er quälen könnt
Why me?	Warum gerade mich?
Why me?	Warum gerade mich?
And the birds	Und die Vögel
Fly	Fliegen
By	Vor
My window	Meinem Fenster vorbei
Endlessly!	Unablässig!

Erich Maria Remarque

If a surgeon	Würde ein Chirurg
Would open my	Mein Herz
heart	Aufschneiden
He would see	Sähe er
A gigantic sea	Ein gewaltiges Meer
Of love	Von Liebe
For my only child.	Zu meinem einzigen Kind.
He would be stunned	Er würde staunen über
At the force of it	Ihre ungestüme
The violence	Kraft
The fury of it	Und Heftigkeit
All entangled in	Geballt
One human heart	In einem Menschenherz
Unknown to	Dem Mediziner
Medical profession	Fremd
Who know	Der große Leidenschaft
No passion,	Nicht kennt,
And he would	Und er würde mein Herz
Place my heart	Mit all dem anderen
With all the other	Abfall
Trash	In einen Eimer
In a can	Werfen
And he	Das
CAN	Kann er
Believe me.	Mir glauben.

RAINER MARIA
RILKE

Der Dichter, der mein ganzes Leben veränderte – Herz, Seele, Verstand, Blut, Fleisch *und* den Teufel.

Er ergriff völlig von mir Besitz, so daß ich nicht mehr imstande war, irgendein Wort, das andere Männer geschrieben hatten, zu lesen – geschweige denn zu beurteilen.

Eine Reaktion, die bestimmt nicht gerechtfertigt war. Das wußte ich. Doch jahrelang änderte ich meine Haltung nicht, empfand den Verlust meiner Muttersprache noch stärker, weil ich anderen nicht von ihm vorschwärmen, meine Freude mit niemandem teilen konnte.

Ich bin ihm nie begegnet.

Heute bin ich darüber froh.

Ich wäre vor Aufregung tot umgefallen.

Rainer Maria Rilke
im Garten auf einer Bank sitzend, 1913

ERNEST
HEMINGWAY

Mein persönlicher Fels von Gibraltar.
Ich liebte ihn so sehr, daß meine Ansichten über seine
schriftstellerische Arbeit niemals als objektiv gelten könn-
ten.
Ich respektiere dieses negative Urteil. Liebe und Achtung
dulden weder Neutralität noch Objektivität.

Ernest Hemingway
Kuba, 1. August 1952

I can't give all	Ich kann nicht alles geben
I have	Was ich habe
but what I have	Nur was ich habe
to relieve you	Um dein Leid
of all your	Zu lindern
sorrows	Heut und morgen
today and tomorrow	Und über
and beyond	Die Grenzen
the realm of your	Deiner kläglichen Phantasie
sorry imagination	Hinaus
But I give nevertheless,	Ich gebe es trotzdem
because I have access	Denn ich schöpfe
to millions of	Aus Millionen von Gefühlen
emotions you never can guess.	Die du nicht ahnen kannst.

Losing you	Dich verlieren
Feels like	Ist so
A fisherman feels	Wie ein
Who loses his catch	Fischer sich fühlt
He thought he had	Wenn er den Fang verliert
So securely	Den er sicher
Hooked	Am Haken glaubte
While piercing	Als er
The gills of his prey.	Die Kiemen der Beute
Nothing to say	Durchbohrte.
Nor today	Nichts zu sagen
Nor tomorrow	Weder heute
Having lost	Noch morgen
The joy and the passion	Verloren
Of the possession	Die Freude und Leidenschaft
OF YOU.	Dich zu besitzen.

Ernest Hemingway

I turned my back	Ich habe
Against	Dem Schmerz
Pain	Die kalte Schulter gezeigt
I could name	Ich könnte
Thousands of	Tausend
Pains that	Schmerzen
I could digest	Nennen
In the endless	Die ich
Request	Ertragen habe
Of the years.	In den Jahren
But one death	Endlosen
Left me breathless	Flehens.
With pain	Ein Tod jedoch
Now you guess!	Nahm mir
	Den Atem
	Vor Schmerz
	Nun dürft ihr raten!

NOËL
COWARD

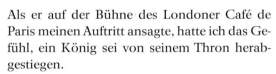

Als er auf der Bühne des Londoner Café de Paris meinen Auftritt ansagte, hatte ich das Gefühl, ein König sei von seinem Thron herabgestiegen.

Wir hatten eine wertvolle, seltene Beziehung.

Er half mir mit stetem Rat durchs Leben und zeigte Geduld in Situationen, in denen andere Interesse heuchelten, um ihre Langeweile zu verbergen.

Ich hatte immer ein schlechtes Gewissen, weil ich nichts für ihn tun konnte. Länder konnten uns nicht trennen – dafür sorgte er!

Ich bin dankbar dafür, daß ich nicht dabei war, als er starb.

Mein gewohnter Mut hätte mich verlassen.

Noël Coward und Marlene Dietrich
während Plattenaufnahmen
London, 1954

I am not racked	Mich quält
By doubt	Kein Zweifel
I am racked by	Mich quält
Knowledge	Kein Wissen
Which is far worse	Was viel schlimmer ist
Than allowed	Als sie erlauben
By professors	Die Beichtväter und
By confessors	Professoren
Who tell us meek lies	Die uns fromme Lügen erzählen
Who tell us sweet lies	Die uns süße Lügen erzählen
To keep us in hope	Um uns die Hoffnung zu erhalten
Sweet smelling dope	Süß duftende Droge
Handed out	Verteilt
For us to swallow	An uns zum Schlucken
Easy to follow	Leicht zu verstehen
Get a kit	Laß dir zeigen
kid.	Wie's geht,
	mein Kind.

Noël Coward

Can't get you out	Du gehst mir nicht mehr
Of my mind	Aus dem Sinn
Would you mind	Kannst du noch
staying there	Eine Weile
A little while longer	Bleiben
Till that heavy lid	Bis sich der schwere Deckel
Descends on me	Auf mich senkt
Brain and mind washed away by rain	Bis Hirn und Verstand sind fortgeschwemmt
Soaking the soil and eaten away	Vom Regen
As they say	Der die Erde tränkt
Stilling hunger of other than humans	Zersetzt, wie man so sagt
Night and day	Den Hunger anderer als Menschen stillen
	Tag und Nacht

I am	Ich werde
Not	Nicht
Going to cry.	Weinen.
Although	Obwohl
I have	Ich
All reasons	Allen Grund
Why	Zum
I should	Weinen
Cry.	Hätte.
For a change	Zur Abwechslung mal
For myself	Um mich,
I, who cried for	Die ich um andere
Others,	Weinte,
All through my life.	Mein Leben lang.

Noël Coward

NO MORE
BODY
TO HOLD
ONTO
WHILE YOU
SLEEP
JUST THE
SHEET!

2. Feb
85

WHAT
A CHEAT.

Kein Körper
Mehr
Mich festzuhalten
Wenn du
Schläfst
Nur das
Laken –
Welch Betrug!

Sein Tod machte mich zu einer intellektuellen Waise.
Das erste Auftreten von Bitterkeit bei seinem Verlust veränderte mein Leben in jeder Hinsicht nachhaltig.

I am	Ich bin
The villain	Der Schurke
Don't know	Weiß nicht
How to	Wie ich sie
Still them	Zum Schweigen bringen
And find	Und
Another	Ein anderes Opfer
Target	Finden soll
To market	Zum Vermarkten
But me	Außer mich

KENNETH
TYNAN

Kenneth Tynan
Chicago, 1966

O R S O N
WELLES

Mein Genie des 20. Jahrhunderts in der Kreativabteilung der sogenann-
ten Unterhaltungsindustrie.
Seine Enttäuschung über die Reaktionen der Welt war unvermeidlich.
Ein brillanter Kopf.
Er nahm meine Bewunderung und Verehrung gelassen hin. Er war nett
zu mir. Ich würde gerne wissen, wo er jetzt weilt.

Orson Welles als Othello
Widmung für Marlene Dietrich: »Dearest Marlene always Orson«

Short-term	Kurzzeitiges
Lease	Mieten
On a	Von
Piece	Etwas
Of	Gefühl
Emotion	War nicht
Was not	Mein Ziel
My notion	Als ich dich traf.
When	Es war keine
I met you.	Absicht
It was	Doch ich glaube
Not intended	Ich hab dich
But I must	Erfunden
Have	Wie ich dich
Invented	Mir erträumt
You	Bedauere
To fit	Mich nicht
My illusion.	Denn du
Don't	Bist es
Pity me	Der
It is	Am Boden
You	Liegt
In the	Und sich fragt
Bottomless	Warum du
Pit	Mich
Explaining	Verloren
Your loss	Hast
Of me	Wo immer
Wherever	Du
You toss	Die Würfel
The dice	Ins
Into the	Meer
Sea.	Wirfst.

Orson Welles

Even when you are dead	Selbst im Tod
You are not safe.	Bist du nicht sicher.
Not out of reach.	Nicht unerreichbar.
Still exposed to the	Noch ausgesetzt dem
Stranger money-seeking	Geldsaugenden
Leech	Vampir
His desire to find a	Und seiner Gier
Word you said a	Ein Wort zu finden
Word you wrote	Das du sprachst
To poke	Das du schriebst
Into your entrails	Um in den Eingeweiden
Of thoughts	Deiner Gedanken
While you rot.	Zu wühlen
This is not	Während du verwest.
One of the fairy-tales	Das ist kein
But the sad fact	Märchen
With no-one to act	Sondern traurige Wahrheit
Against the morbidity	Und niemand tut was
Not even	Gegen das morbide Treiben
Your heirs	Nicht einmal
In all their	Deine Erben
Longevity	Als wär's ihnen egal
As if they cared.	In ihrer
	Langen Lebigkeit.

BILLY
WILDER

Wäre nicht allgemein bekannt, daß er gebürtiger Österreicher ist,
würde ich sagen, er hat eine sehr seltene Gabe: »Berliner Humor«
hoch zehn!
Er ist die Fröhlichkeit in Person.
Er entdeckt an Menschen unsichtbare und stumme Seiten, die den
glücklichen Zuhörer dazu bringen, Tränen zu lachen.
Ich war hundertmal in dieser seltenen Lage – bei und außerhalb
der Arbeit.
Er nahm meinen Beifall ernst und fütterte meinen wißbegierigen
Geist auf Verlangen mit all seiner »Intelligencia«.
Schiere Freude, schiere Dankbarkeit für alle Zeiten – er brachte
mich dazu, Dinge zu tun, die ich nicht tun wollte!
Seine »Schickse«.

Billy Wilder und Marlene Dietrich
im Dezember 1947 am Set von A FOREIGN AFFAIR
USA 1948, Regie: Billy Wilder

My innocence	Meine Unschuld
Is never lost	hab ich nie verloren
Lucky me!	Ich Glückliche!
But you don't see	Doch du siehst nicht
The burden	Die Last
And the weight	Und Bürde
It brings,	Die das mit sich bringt,
The strings	Die Bande
That snap	Die zerreißen
Before I know	Bevor ich es weiß
It is my fate	Es ist mein Los
To pay	Für meine Unschuld
For innocence	Zu bezahlen
So late.	So spät.

Billy Wilder

My place
Is the
Most
Disorganized
Place
This side
Of the
Yukon
It's annoying
the hell out of
Me
I should get
A move—on!
But - —

Meine Wohnung
Ist die
Unordentlichste
Wohnung
Diesseits des Yukon
Es macht
Mich
Ganz krank
Ich sollte
Umziehen!
Aber...

MIKE
TODD

Mike Todd und Marlene Dietrich
am Set von AROUND THE WORLD
IN 80 DAYS
USA 1956, Regie: Michael Anderson

Mittelmäßige Leute mochten ihn
nicht. Das war ihm recht und mir
auch. Hochintelligent, liebenswür-
dig, ein Freund in der Not, verläß-
lich, geachtet – und ein allzu früher
Verlust durch ein grausames Schicksal.
Nur ein Berufscharmeur wie er konnte so viele berühmte Stars in einem
gigantischen Potpourri namens »In
achtzig Tagen um die Welt« vereini-
gen.

Sleepless	Schlaflos
From	Vor Hunger.
Hunger.	Hunger
Hunger	Wonach?
For what?	Nach Liebe?
For love?	Nach Nahrung?
Or for stomach?	Schlaflos
But sleepless	Jedenfalls
All the same	Schlaflos
Sleepless	Aus welchem Grund
Whatever	Auch immer.
The name.	Sag mir
You tell me	Wie man
How to	Ihm entrinnt
Escape	Dem schlaflosen
The sleepless	Gefährten
Mate	Der einen
Who holds you	Festhält
Tight	Doch nicht so
Not like	Wie der Legende nach
We were told	Es Orpheus
Orpheus	Tat
Might	

Mike Todd

All the	Alle
Darkness	Dunkelheit
Of	Des
Autumn	Herbsts
Cannot	Kann
Scare me	Mich nicht
Because	Schrecken
Winter is here	Denn
Around the	Der Winter
Corner of	Steht hier
All seasons	Zu jeder Jahreszeit
To come	Vor der Tür
So, who cares?	Also, was soll's?

Sein glanzvoller Name wird für immer weiterleben – auf Leinwänden und kostbaren alten Kinoplakaten, in Büchern, Vorlesungen und Museen.
Er war ein vielseitiges Talent.
Doch am unermüdlichsten arbeitete er auf einem ganz anderen Gebiet – in aller Stille, selbstlos, *vergessen*, nur nicht von mir.
Unsere Sache hatte keinen Namen. Ihr Ziel war, Juden aus Deutschland herauszuholen.

Marlene Dietrich und Ernst Lubitsch
bei der Premierenfeier zu ANGEL
USA 1937, Regie: Ernst Lubitsch

ERNST
LUBITSCH

MAXIMILIAN
SCHELL

Kein gewöhnlicher Mann. Feine Manieren, erstklassige Erziehung, erfolgreicher Schauspieler und Regisseur. Ein unverbesserlicher Optimist. Den letzten Charakterzug brauchte er, als er mit mir arbeiten mußte. Mit mir hatte er eine harte Nuß zu knacken.

Ohne ersehbaren Grund, nicht einmal für mich, rebellierte ich, statt zu kooperieren. Ich hatte einen Vertrag unterschrieben, ich wußte, was mir blühen konnte.

Nachdem ich mir den Kopf zerbrochen und nach einer Erklärung gesucht hatte, gelangte ich zu dem Schluß, daß meine angeborene Abneigung, über mich selbst zu sprechen, noch lebendig war. Ich war fast ein Miststück.

Er hat mir inzwischen verziehen.

Maximilian Schell in
JUDGEMENT AT NUREMBERG
USA 1961, Regie: Stanley Kramer

Don't Spiel

Play Nicht

Games Mit mir.

With me. Warum nicht

Why not Ehrlich zu mir

Be Honest Sein

And tell me Und sagen

What is Was du

On your mind. Denkst.

Not that Nicht daß es

I mind Mir was ausmacht

your intentions Daß du

To be Den Braven spielst.

True Blue Das könnte

That Jeder

Anybody Ohne Müh

Could do Das ist leicht

In a flash Wenn du

Easy to do Die Stirn

If you Hast

Have Uns alle

The dash Mit deiner

To fool Liebenswerten

Us all Bosheit

With your Zu täuschen

Lovable

Gall

Time	Zeit
Available	Verfügbar
Obtainable	Erhältlich
Time	Die Zeit
Is not	Gehört nicht mir
Mine	Ich werd gehetzt
I am hurried	Gedrängt
Pushed	Und strapaziert
And punished	Bis ich
Till I get	rasend werd
Frantic	

FRITZ
LANG

Marlene Dietrich
und Fritz Lang
Hollywood,
vierziger Jahre

Auf der Liste der Filmregisseure, unter denen ich gearbeitet habe, nimmt
er einen besonderen, einzigartigen Platz ein. Ich haßte ihn! Er weidete
sich gierig an der Demütigung von Frauen – das grenzte fast an Gewalt.
Dem Himmel sei Dank – es war nur von kurzer Dauer.

Leave me	Laß mich in
Alone	Ruh
I don't	Ich möchte
Want	Nicht
To moan	An deiner
On your	Schulter
Shoulder	Jammern
Which is	Denn
Insecure	Dort zu jammern
To moan on	Dort zu heulen
To cry on	Ist nicht sicher
As much as I	So sehr mir
Longed for to	Auch zum
Cry on	Heulen ist
Leave me alone!	Laß mich in Ruh!

Fritz Lang

I know	Ich weiß
You	Du
Mean well	Meinst es gut
But	Aber
Meaning well	Es gut zu meinen
Is a	Ist eine
Sorry excuse	Billige Entschuldigung
For	Für
The	Das
Abuse	Was
You shell out	Du den
To the	Armen Opfern
Poor victims	Deiner
Of your	Sogenannten
So-called	Gut gemeinten
Well-meaning	Entschuldigungen
Excuses	Antust

JOHANNES
MARIO
SIMMEL

Beim Simmel
Klingt
Die Klingel
Das heißt:
»Un unterbrochen
Genug gesprochen.«
»Ich rieche Kochen«.
»Es ist mir
Lieber
Frau Sieber
Rufe später – «
Call you later
Alligator!

ELISABETH
BERGNER

Die größte Schauspielerin und das größte Idol des deutschen Spitzentheaters in der Vornazizeit.
Grenzenlos bewundert von jungen Zuschauern und Schülern des berühmten Max Reinhardt.
Sie war der lebende Beweis dafür, daß Schönheit für Schauspielerinnen keine unabdingbare Voraussetzung ist, um berühmt zu werden, wie die meisten Menschen glauben.
Sie war brillant – nicht schön. Keine andere Frau konnte sich jemals mit ihrer Präsenz, ihrem Talent, ihrer Stimme messen.

Elisabeth Bergner
Berlin, 1929

SIMONE
SIGNORET

Simone Signoret,
fünfziger Jahre

Diese Frau war sogar noch mehr als ein Wunder.
Treu bis zum Äußersten – dem Mann und dem Freund gleichermaßen.
Sie war die Opferbereitschaft in Person.
Sie ertrug Betrug und Untreue wie eine Heilige.

PARADISE   PARADIES

Must be a bore	Es muß langweilig sein
To live in	Ohne Arbeit
Or survive in	Zu leben
No job;	Oder
No more	Überleben;
Duties	Keine Pflichten
To fulfill	Mehr
Or	Zu erfüllen
One more sin	Und
To commit	Keine Sünde
What a bore!!!	Mehr
	Zu begehen
	Wie langweilig!

HILDEGARD
KNEF

Ankunft von Marlene Dietrich
auf dem Flughafen Tempelhof
Berlin, Mai 1960

You loved me	Du liebtest mich
Not only like	Nicht nur wie
A sister	Eine Schwester
But like a	Sondern wie eine
Survivor	Überlebende
Holding up	Die einen Kopf
A head above	Über Wasser hält
The waters	Zum Atmen
So to breathe	Aus keinem anderen
For no other	Grund
Reason	Als einer
Than to give	Leblosen Schwester
Life to a	Leben
Lifeless sister.	Zu geben.

Dies ist meine Frage:
Warum habe
Ich aus meinem
Großen Doppelbett
Ein kleines einsames Bett
Gemacht
Ich bin eingeklemmt
Und niemand
Denkt daran
Mich zu befreien
Aus diesem
Einzel-Bett
Das mir
Unbekannt
Unbeliebt und
Unbemannt – *at that*!

Hildegard Knef

I suddenly realized	Plötzlich wurde mir klar
That I'm	Daß ich
An IMMIGRANT!	Immigrantin war!
I never used that	Ich hatte das Wort
Word before	Nie zuvor benutzt
(For myself	(Ich meine,
I mean!)	Für mich selbst!)
I read so much	Ich lese so viel
About IMMIGRANTS	Von Immigranten
How they must	Und wie sie
Adjust	Mit den Sitten
To customs	In fremden Landen
And the words	Und der Sprache
Of foreign lands	Zurechtkommen
Maybe because	Müssen
I was never	Vielleicht weil
Treated	Man mich nie
Like an	So behandelt hat
Immigrant!	Wie eine
Nobody made	Immigrantin!
Excuses	Niemand
For me.	Entschuldigte sich
Not then –	Für mich.
Not now.	Damals nicht –
Nobody cares	Heute nicht.
About my roots	Und keinen
Just as well!!!	Interessiert es
	Wo ich herkomme!

KATHERINE
HEPBURN

Eine seltene Kombination von Schönheit, beeindruckender Persönlichkeit und Intelligenz – eine einmalige Kombination bei Frauen, die be-
schließen, Filmschauspielerin zu werden.
Obendrein eine anständige Frau, ein besonderes Charakteristikum, das
bei dieser Häufung von Vorzügen selten anzutreffen ist.
Egoismus fand in ihrem Herzen und ihrer Seele nie einen Platz – von
den üblichen weiblichen Schwächen ganz zu schweigen.
Sie verdient es, verehrt zu werden.

Katherine Hepburn
bei den Dreharbeiten zu SUMMERTIME
Venedig, 1955, Regie: David Lean

The Abyss	Die Kluft
Between	Zwischen
Barren women,	Kinderlosen Frauen
Barren	Kinderlos
By design	Mit Absicht
Or for commodity	Aus Bequemlichkeit
Or by nature's	Oder durch die Schuld
Fault,	Der Natur,
And	Und
Normal women	Normalen Frauen
Is insurmountable	Ist unüberwindlich
Easily accountable	Leicht erklärlich
For	Doch die Barriere
But the barrier	Zeigt
Shows	Wie groß der Unterschied auch ist
The amount	Er ist bedeutungslos
Is negligeable	Für die, die es weiß.
To the one who knows.	

Katherine Hepburn

»Go straight   »Folge
Down this   Immer
Road«   Dieser Straße«
He said.   Sagte er.
I went   Ich tat es
And   Und
Did not   Ich fand
Find you.   Dich nicht.
What road   Auf welcher
Are you at?   Straße bist du?

My battered   Meine geschundene
Soul   Seele
Cries out   Schreit
(As if   (Als käme es
It mattered)   Darauf an)
Into   In
The face   Unbekanntem
Of unknown   Raum
Space   Aber sie schreit –
But it cries –   Und wenn du sie
You may   Nicht hörst
Not hear.   Liegt das
That is   An
The fault   Deinen Ohren.
Of
Your ear.

Josef von Sternberg
USA, frühe dreißiger Jahre
Portrait mit Widmung: »für Marlene – Was bin Ich schon ohne Dich? Jo
(nach ›Shanghai Express‹)«

JOSEF
VON
STERNBERG

Der Mann, dem ich am meisten gefallen wollte.
Ich liebte und achtete ihn. Ich beugte mich seinem ungewöhnlich dominanten Verhalten, und ich bewunderte und verehrte sein Wissen und seine Klugheit. Sie waren der Grund für sein schwieriges Leben. Ja, ich weinte viel. Er sagte dann immer: »Räumt das Set. Geht alle zu Tisch. Miss Dietrich weint wieder.«
Er war mein Herr, mein Dompteur!
Er führte mich an einer Leine wie einen Hund.
Er war es, der die Leine fallen ließ – nicht ich.
Ich lag nur da – hielt nach einem anderen Herrn Ausschau –, bis ich Hunger bekam.

I wish	Ich wünschte
I could	Ich könnte
Pick all	All die
The secret	Geheimtaschen
Pockets of your	Deiner Seele
Mind	Ausräumen
With due	Mit dem gebotenen
Respect	Respekt
You would	Den du
Expect	Von mir
From me.	Erwarten
But, still	Würdest.
I would not	Doch auch dann
Know	Würde ich nicht
The real reason	Den wahren Grund
For the neglect	Erfahren
You show.	Für die
	Mißachtung
	Die du zeigst.

After	Nachdem
Our Love	Unsere Liebe
Petered out	Zu Staub
Into dust	Zerfiel
I don't know	Weiß ich nicht
What I	Was ich
Must	Tun soll
Do	Ohne dich
Without you,	Ohne dich
Without asking	Zu fragen
You	Wie ich es früher tat.
As I used to do.	

Josef von Sternberg

Zwischen »KLEIST«
Und »RINGELNATZ«
Und ich
Weiß nicht
Was –
Koche ich
Für Leute
Die Heute
Überhaupt
Nicht wissen
Was wir
Längst vergessen haben
Und ringelnatzen
Herum
Ohne Sinn
Und Verstand
Das sind
Eben
Nutzlose
Leben.

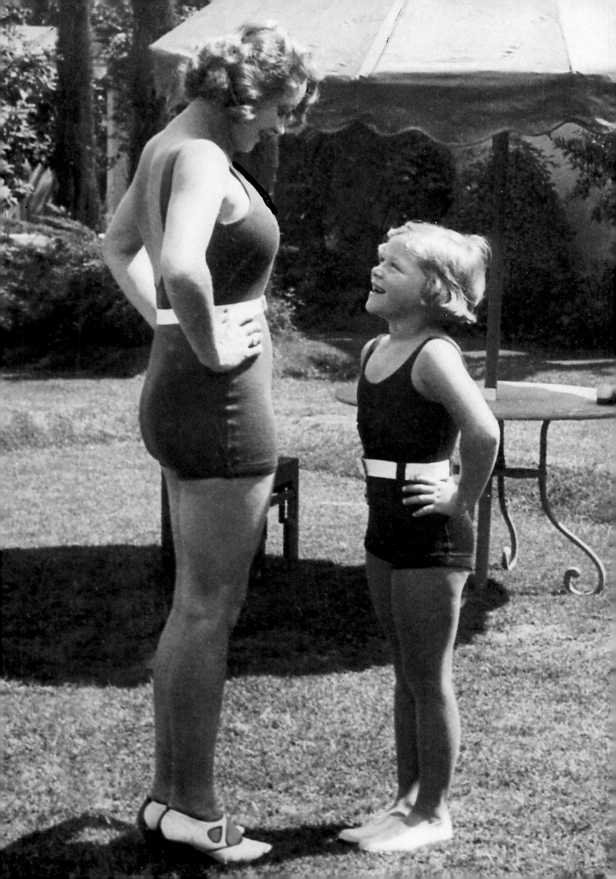

MARIA

Marlene und ihre Tochter Maria
Beverly Hills, 1931
(Aufnahme mit Retusche-Anweisung
von Marlene Dietrich)

Will I be	Werd ich noch
Alive	Am Leben sein
When you	Wenn du
Finally decide	Beschließt
To come to see me	Mich endlich
So I can	Zu besuchen
Smile at you and hear	So daß ich
Your laughter	Lächeln und
Or will it	Dein Lachen
Be a gruesome	Hören kann
Dark thereafter	Oder wird es
When all the light	Schaurig
Is gone	Dunkel sein
And you will	Wird alles Licht
Bury all	Erloschen sein
That was	Und wirst du
My heart	Alles dann
That only beat	Begraben
With love	Was mein Herz war
For you.	Das nur aus Liebe
The love	Zu dir
You lost	Schlug.
To death	Der Liebe
Through	Die du
No dark fault	An den Tod
Of you.	Verlorst
One loss	Ganz ohne
I could not	Dein Verschulden.
Help	Doch den Verlust
You	Könnt
Not to	Ich dir
Lose	Nicht ersparen

Maria Riva

You are my	Du bist mein
Waking potion!	Wecktrank!
Not a	Das ist
New notion –	Nicht neu –
But you are now	Nun aber bist du
Also	Auch
My sleeping Potion	Mein Schlaftrank
And more so!	Und noch mehr!
Tranquility	Ruhe
Invading	Erfüllt
Me	Mich
As if,	Wie vor Jahren,
When years ago	Als du und ich
You and I	Noch eins waren
Were one,	Du eingerollt
You curled	In mir.
Inside.	Nun aber –
But now –	Wir sind
We're both	Getrennt –
Apart –	Allein,
Alone,	Nicht so
Not like	Wie es war
It was	Als die
When	Welt noch
All was	In Ordnung war.
Right	
With the world.	

Even	Selbst
If I am	Wenn ich schlafe
Sleeping	Kannst du
You can	Die Früchte
Be reaping	Ernten.
The harvest.	Du brauchst
You don't	Nicht zu hungern
Need to starve	Es sei denn
Lest	Du vergißt
You forget	Wie reich
The riches	Die Ernte ist
Of the harvest	Die ich
I left you	Dir hinterlassen hab
Years back.	Vor Jahren.
You will not	Du wirst keinen
Lack	Mangel leiden
Commodities	An all den
Of one or two	Annehmlichkeiten
Responding	Die Teil des Lebens
To the life	Sind
You got	Das du
Accustomed	Gewohnt bist.
To.	

Maria Riva

MARIA
Ich wünschte
Ich wäre Heine
Um Dir
Zu sagen
Du bist
Die Eine
Die mir
Am Herzen
Liegt.
Die Zeit
Verfliegt
Aber Du
Bleibst
Die Eine
Die mir
Am Herzen
Liegt.

In den Schatten
Meiner Seele
Lebt
Mein Kind
In den
Fenstern
Meiner Seele
Lebt mein Kind.
Mein Kind
Aus mir
Geboren
Nie verloren
Bleibt
Mein Kind.
Verloren
Wieder
Geboren
Mein Kind.

THIS IS NOT »REIM DICH ODER ICH FRESS DICH!«

The only change
I notice in age
Is an impatience
With people
Who are dense,
Not quick
On the trigger!
But then –
My life was spent
With artists only
Brilliant technicians; all people
Who have to think
By themselves
And not
Rely on others
To do their brainwork.
Their
Attention-span is wide,
Whereas the
»NORMAL PEOPLE«
Have mostly
An attention-span
Of five seconds.
It seems
They go through life
Like Zombies
And irritate
The wide-awake
Surroundings,
Including me.

HIER GILT NICHT »REIM DICH ODER ICH FRESS DICH!«

Die einzige Veränderung
Die ich im Alter merke
Ist eine Ungeduld
Mit Leuten
Die geistig träge sind,
schwer von Begriff!
Doch andererseits –
Ich war
Mein Leben lang
Mit Künstlern
Nur zusammen
Brillanten Technikern
Die ihren Kopf
Gebrauchen müssen
Das Denken nicht
Den anderen überlassen.
Die Spanne
Ihrer Konzentration
Ist groß,
Doch bei
»Normalen Leuten«
Beträgt sie meist nur
Fünf Sekunden.
Die gehen
Wie Zombies scheint's
Durch das Leben
Und ärgern
Die um sich herum
Die wach und helle sind
Einschließlich mich.

When	Wenn
My heart	Mein Herz
Stands	Nicht mehr
Still	Schlägt
It will	Wird es
Be heard	In aller Welt
All over	Gehört
The world	Und nach
And after	Zwei Tagen
Two days	Ist es vergessen
It will	Wie
Be	Alle
Forgotten	Die
Like	Verblaßten
All	Namen
The	Die man
Rotten	Zuvor
Names	Verehrt
They	Hat
Adored	Drum
Before.	Strebe nicht
So don't	Nach Ruhm
Try	Und weine
For Fame	Nicht um
Don't cry	Meinen
For my	Namen
Name	Er ist
It is	Zu schnell
Too soon	Vergessen
Forgotten	Und
And not	Deine
Your aim.	Sache nicht.

MARLENE DIETRICH
in Paramount Pictures

P1167. 406

Go to sleep	Geh schlafen
Stop your relentless	Damit dein rastloser
brain	Verstand
From working	Nicht wieder
overtime	Überstunden macht
Just go to sleep	Geh einfach schlafen
Take pills	Nimm Tabletten
Take love	Nimm Liebe
If you can get it	Wenn du welche kriegen kannst
And sleep	Und schlaf
In arms	In Armen
enfolding	Oder einsam
Or lonesome	Ohne jemand
With no-one holding	Der dich hält
you	Aber geh schlafen
But go to sleep	Du wirst schon noch
You will keep	Da sein am Morgen.
Till morning.	

Viten

Harold Arlen (1905 – 1986)
eigentlich Hyman Arluck
Songwriter, Komponist

Er schrieb viele bekannte Musicals und insgesamt mehr als vierhundert Songs. 1944 sang Marlene in dem Film *Kismet* (Regie: William Dieterle) einen der beiden von Arlen dafür komponierten Songs: »Tell me, tell me evening star«. Populär wurde vor allem sein Klassiker »One for my Baby and one more for the Road«, das sie erstmals in ihrer 1952 für ABC produzierten Radioserie »Café Istanbul« sang und später auch in ihren Shows integrierte. Arlen gehörte zu den von ihr bewunderten und gern bemutterten Künstlerkollegen.

Burt Bacharach (* 1929)
Komponist, Arrangeur, Dirigent

Als Ersatz für ihren Noël Coward ausgeliehenen Pianisten Peter Matz sprang bei der Premiere im Sands Hotel in Las Vegas im Februar 1957 der junge und bis dahin wenig bekannte Burt Bacharach ein. Bis zum Jahr 1965 arbeiteten beide zusammen, und Bacharach begleitete die meisten ihrer Tourneen. Er entstaubte viele ihrer Arrangements, Marlenes Repertoire bekam »Swing«. »Ich verehre ihn – er ist mein Arrangeur, mein Dirigent und mein Pianist. Ich wünschte, er wäre auch *mein* Komponist, aber das ist nicht wahr, er ist jedermans Komponist«, pflegte sie ihn bei ihren Shows vorzustellen.

Travis Banton (1894 – 1958)
Kostümdesigner

Travis Banton und Marlene Dietrich galten in den dreißiger Jahren bei der Paramount als unschlagbares Team. Für mehr als zehn Filme, darunter alle Sternberg-Filme, kreierte er mit ihr gemeinsam die ausgefallensten Kostüme. In dem 1935 gedrehten kurzen Film *The Fashionside of Hollywood* gab er eines seiner seltenen Interviews. Dazu wurden die Fashion-Highlights der nächsten Paramountproduktionen von ihren Trägerinnen Mae West, Claudette Colbert, Carole Lombard und vor allem Marlene Dietrich präsentiert. Auch das berühmte Schiffonkleid in *The Garden of Allah* (*Der Garten Allahs*, USA 1936, Regie: Richard Boleslawski) entwarf Banton, da Marlene den Künsten des für diese Produktion engagierten Ernst Deutsch-Dryden nicht vertraute. Banton und Marlene verstanden sich prächtig – er war ein geduldiger Zuhörer und konnte ihre Inspirationen treffsicher umsetzen.

Michail Baryschnikov (* 1948)
Tänzer, Choreograph

Marlene schwärmte für den russischen Tänzer aus der Schule Nurejews. Nach einer Gastspielreise in Kanada war er 1974 nicht wieder in die Sowjetunion zurückgekehrt – in erster Linie aus beruflichen und nicht aus politischen Gründen. Er gab sein US-Debüt am New Yorker American Ballet Theater, dessen künstlerischer Leiter er später für mehr als neun Jahre war. Marlene schätzte ihn nicht nur als ausdrucksstarken Tänzer »mit den wunderschönen langen Beinen und dem Gesicht eines jungen Gottes«, sondern auch als vielseitigen Künstler und intelligenten Menschen. 1986 nahm er sstellvertretend für sie den Lifetime Achivement Award des Council of Fashion Designers of America entgegen.

Gilbert Bécaud (1927 – 2001)
Sänger, Entertainer, Songwriter

Die Entdeckung des jungen Chansonniers im Pariser Olympia durch Edith Piaf brachte ihn in den Kreis, zu dem auch Marlene gehörte. Seinen Song »Marie, Marie« schrieb er für Edith Piaf, doch gehörte er auch bald zu Marlenes Repertoire. »Einer meiner besten französischen Freunde«, notierte sie später auf die Rückseite eines gemeinsamen Fotos.

Elisabeth Bergner (1897 – 1986)
Schauspielerin

Von Marlene Dietrich bewunderte und verehrte Schauspielkollegin. Beide wirkten in den zwanziger Jahren in mehreren Theateraufführungen an Berliner Bühnen mit – Marlene meist als Statistin, die Bergner als Star. 1934 standen sie in der gleichen Rolle, als Zarin Katharina, vor der Kamera – Marlene in dem Sternberg-Film *The Scarlet Empress* (*Die scharlachrote Kaiserin* oder *Die große Zarin*), Elisabeth Bergner in *Catherine the Great* (*Katharina die Große*, Regie: Paul Czinner). Sie pflegten in den dreißiger Jahren eine amouröse Korrespondenz und hielten Kontakt bis ins hohe Alter.

Yul Brynner (1915 – 1985)
eigentlich Taidje Kahn Bryner
Schauspieler

Als Yul Brynner Anfang der fünfziger Jahre in New York seine sensationellen Bühnenerfolge als König von Siam in *The King and I* feierte, traf man

Marlene häufig im Backstagebereich des St. James Theater. Brynner bezeichnete ihre Liebe als «unendlich«, und Marlene fühlte sich »krank und elend«, wenn er nicht anrief. Nahezu fünfundzwanzig Jahre später motivierte seine bloße Anwesenheit im Publikum des Royal York Hotels in Toronto Marlene zu einem hinreißenden Show-Auftritt.

Richard Burton (1925 – 1984)
eigentlich Richard Walter Jenkins

Schauspieler

Beim Besuch am Set von *Who's Afraid of Virginia Woolf* (*Wer hat Angst vor Virginia Woolf*, USA 1966, Regie: Mike Nichols) sonnte sich Marlene in Burtons Blicken, während sie ihre Antipathie gegen Liz Taylor später in einem offenen Brief demonstrativ zum Ausdruck brachte. Burton ließ es sich nicht nehmen, Marlene Dietrich am Premierenabend ihrer Show im Londoner Grosvenor House im September 1974 selbst anzukündigen.

Charles Chaplin (1889 – 1977)
Schauspieler, Regisseur

Ihre Begegnungen waren oft nur kurz: 1930 gehörte er zu den Premierengästen von Marlenes erstem US-Film *Morocco* (*Herzen in Flammen* oder *Marokko*). Kurz darauf besuchte sie ihn am Set von *Citylights*. Diesem Zusammentreffen folgte im März 1931 ein Pressetermin im Berliner Hotel Adlon. In Hollywood gehörte Chaplin zur »Britischen Kolonie« und nahm auch hin und wieder an den Gesellschaften in der Villa di Frasso teil, deren Gastgeberin Marlene war – angeblich kam er wegen der guten englischen Teekuchen.

Maurice Chevalier (1888 – 1972)
Sänger, Entertainer

Maurice Chevalier und Marlene Dietrich, für ihn «Marlinou«, lernten sich Anfang der dreißiger Jahre in Hollywood kennen. Beide waren zu dieser Zeit die Stars der Paramount. Ihre Garderoben lagen dicht beieinander. Sie trafen sich des öfteren und entdeckten eine Seelenverwandtschaft. Für Marlene war er »ein Fremder in Amerika, genauso wie ich.« Hinter seiner Fröhlichkeit, seiner charmanten Art entdeckte sie: »Chevalier war traurig von Geburt an.« Für ihn war sie vor allem der gute Kamerad, intelligent und sensibel, geistreich, amüsant und charmant.

Jean Cocteau (1889 – 1963)
Schriftsteller, Graphiker, Regisseur, Drehbuchautor

Zum Kreis um Jean Cocteau im Paris der fünfziger Jahre zählte auch Marlene Dietrich. Beide hatten eine Reihe gemeinsamer Freunde wie Margo Lion, Noël Coward, Jean Pierre Aumont und Jean Marais. Für Marlenes Auftritt 1954 in Monte Carlo bei einer Wohltätigkeitsgala zu Gunsten von Polioerkrankten schrieb er eine legendäre Ankündigung, die von seinem Lebensgefährten Jean Marais vorgetragen wurde. Später resümierte Marlene über Cocteau: »Er hat die bewundernswerte Angewohnheit, plötzlich – trotz langen Schweigens der anderen Seite – einen Brief zu schreiben, um seine Gedanken mitzuteilen. Mit großzügiger Geste nimmt er den Faden wieder auf, als hätte man ihn nie fallengelassen.«

Noël Coward (1899 – 1973)
Dramatiker, Komponist, Regisseur, Schauspieler

Als sie sich Mitte der dreißiger Jahre in Hollywood kennenlernten, begann eine Freundschaft, die erst mit Noëls Tod endete – allen kritischen Untertönen und Pressemeldungen zum Trotz. Auf dem ersten Galaabend nach dem Kriegsende 1945 trat Marlene gemeinsam mit Noël Coward und Maurice Chevalier auf den Champs-Élysées auf. Coward war ihr enger Vertrauter, kritischer Freund und beriet sie auch bei ihren Bühnenshows. Ihre Show 1954 im Londoner Nachtklub Café de Paris wurde ebenso legendär wie sein vielfach zitierter Prolog. Coward lehrte sie gemeinsam mit Charles Laughton das Cockneyenglish für ihre Rolle in *Witness for the Prosecution*.

Charles De Gaulle (1890 – 1970)
Französischer General, Politiker, Präsident

Im Frühsommer des Jahres 1944 begegnete der französische General in Italien Marlene Dietrich, die dort zehn Wochen lang mit ihrer U.S.O. Camp Show auftrat. Wenige Wochen später konnte sie in New York den begeisterten Empfang miterleben, den die Amerikaner dem Repräsentanten eines freien Frankreichs bereiteten. De Gaulle lud sie in Anerkennung ihres Engagements im Zweiten Weltkrieg zur Teilnahme an der großen Parade anläßlich der Befreiung ein – eine Einladung, der sie mit Stolz folgte.

Jean Gabin (1904 – 1976)
eigentlich Jean-Alexis Moncorgé
Schauspieler

Nach einer ersten Begegnung 1938 in Paris begann in Hollywood eine lei-
denschaftliche Affäre. Marlene mietete ein gemeinsames Haus in den Hü-
geln von Brentwood. Gabins Einsatz bei den Freien französischen Truppen
im Zweiten Weltkrieg forcierte auch ihr Engagement bei der Truppenbetreuung. Ein gemeinsames Leben konnte allerdings erst nach dem Ende des
Krieges beginnen. Gabins besitzergreifendes Wesen und seine Eifersucht
führten schließlich zum Ende der Beziehung. Ein erstes und letztes Mal standen sie in *Martin Roumagnac* (Frankreich 1946, Regie: Georges Lacombe)
gemeinsam vor der Kamera. Dann kehrte Marlene wieder nach Hollywood
zurück, und Gabin zog 1949 durch die Eheschließung mit der Französin
Dominique Fournier endgültig einen Schlußstrich.

Judy Garland (1922 – 1969)
eigentlich Frances Ethel Gumm
Schauspielerin, Sängerin

Judy Garland war der nur wenig jüngeren Maria in den dreißiger Jahren in
Hollywood Spielgefährtin und Freundin. Bereits zu dieser Zeit galt sie als
angehender Star. Mit Marlene gab es 1942 gemeinsame Auftritte im Rund-
funk, um für den Kauf von Kriegsanleihen zu werben. 1961 standen beide
in *Judgment at Nuremberg* (*Urteil von Nürnberg*) vor der Kamera – Marlene als Witwe eines Nazioffiziers, Judy Garland als Naziopfer –, eine Rolle,
die letzterer eine Oscar-Nominierung für die beste weibliche Nebenrolle
einbrachte.
Physisch und psychisch am Ende hatte Judy Garland 1950 einen ersten
Selbstmordversuch unternommen.

Alberto Giacometti (1901 – 1966)
Bildhauer, Graphiker

Eine Statue des Bildhauers, ausgestellt im New Yorker Museum of Modern
Art, legte den Grundstein für Marlenes Interesse. In Paris nahm sie dar-
aufhin Kontakt zu Giacometti auf, ließ jedoch diverse Verabredungen plat-
zen und schickte ihm zur Entschuldigung und als Zeichen ihrer Bewunderung Blumen. Giacometti revanchierte sich angeblich mit einer Gipsstatu-
ette und mit der Kreation außergewöhnlicher Knöpfe für eines ihrer Schia-
parelli-Kostüme.

Samuel Goldwyn (1882 – 1974)
eigentlich Schmuel Gelbfisz
Produzent

Sam Goldwyn, dessen Name zum Bestandteil von Metro-Goldwyn-Meyer wurde, als die Produktionsfirma ihn bereits gefeuert hatte, entwickelte sich nach 1923 zu einem der erfolgreichsten unabhängigen Produzenten und blieb es für mehr als fünfunddreißig Jahre. Marlene schätzte seine Direktheit ebenso wie seine Originalität. Seine »Goldwynismen« waren berühmt und berüchtigt: »Ich will keine Jasager um mich haben. Ich will, daß mir jeder die Wahrheit sagt, auch wenn es ihn den Job kostet.« In die Situation kam Marlene bei Goldwyn nie, da er keinen ihrer Filme produzierte. Er lud sie jedoch häufig zu den Premieren seiner Filme ein.

Jean Harlow (1911 – 1937)
eigentlich Harlean Carpenter
Schauspielerin

Jean Harlow galt in den USA als platinblondes Sexsymbol der dreißiger Jahre. Sie war der Star in zwanzig Filmen und führte ein von Skandalen begleitetes Leben, bevor sie mit sechsundzwanzig Jahren an einer Harnvergiftung starb. Wie viele andere gab auch Marlene der Mutter Jean Harlows, einer Anhängerin der Christian Science, die Schuld am Tod der Tochter, da sie angeblich keinen Arzt zur Behandlung zuließ. Erst sehr viel später wurde festgestellt, daß Jean Harlow seit ihrer Teenagerzeit nierenkrank war.

Ernest Hemingway (1899 – 1961)
Schriftsteller

1934 bei einer Atlantiküberquerung an Bord der «Ile de France« lernte Marlene Dietrich Ernest Hemingway kennen. Er war einer ihrer wenigen kritischen Freunde und wurde ihr »persönlicher Fels von Gibraltar«. Ernest Hemingway nannte sie liebevoll-spöttisch das »Kraut«. Trotz weniger persönlicher Begegnungen während und nach dem Zweiten Weltkrieg hielten sie über Jahre einen regen Briefkontakt und genossen die Spekulationen der Presse über die Art ihres Verhältnisses.

Katherine Hepburn (1907 – 2003)
Schauspielerin

Bereits in den dreißiger Jahren, als die beiden auf diversen Partys in Hollywood zusammentrafen, entwickelte sich ein freundschaftliches Verhältnis. 1938 galten beide als »Box Office Poison«, als Kassengift. 1961 reiste Katherine Hepburn mit Spencer Tracy zur Premiere des Films *Judgment at Nuremberg* (*Urteil von Nürnberg*, Regie: Stanley Kramer) nach Berlin. Fünfundzwanzig Jahre später schrieb sie die Laudatio, als Marlene vom Council of Fashion Designers of America mit einem Preis für ihr Lebenswerk geehrte wurde.

Lena Horne (* 1917)
Sängerin, Schauspielerin

Lena Horne, die farbige Sängerin, die bereits als Sechzehnjährige Erfolge in New Yorks berühmtem Cotton Club feiern konnte, trat in den fünfziger Jahren auch in Las Vegas auf, wo Marlene Dietrich ihre zweite erfolgversprechende Karriere als Sängerin startete. Sie besuchten gegenseitig ihre Shows, um auf den Sound, das Licht und die Reaktionen des Publikums zu achten, und wurden gute Freundinnen. In dieser Zeit begann Lena Horne auch in Filmen mitzuwirken. Marlene empfand es als unwürdig, daß die Parts der farbigen Künstlerin bei Vorführungen in den Südstaaten herausgeschnitten wurden.

Hildegard Knef (1925 – 2002)
Schauspielerin, Autorin, Sängerin

Sie begegneten einander erstmals 1948, als Hildegard Knef nach Hollywood kam. Knef schätzte an der Dietrich die »mütterliche Wärme, die sie mir entgegenbrachte«, während Marlene Dietrich über das Verhältnis zu der vierundzwanzig Jahre jüngeren Schauspielerin äußerte: »Wir verstanden uns gleich, mindestens so gut wie Schwestern. Ich leide mit ihr, wenn sie Kummer hat, und lache mit ihr, wenn uns der Berliner Humor überkommt.« Auch Hildegard Knef verweigerte sie später in Paris die persönliche Begegnung. Sie blieben jedoch telefonisch und brieflich in Kontakt.

Fritz Lang (1890 – 1976)
Regisseur

Zwar gehörte Fritz Lang in den dreißiger Jahren auch zum Kreis von Marlenes Verehrern, doch ihre Antipathie trat spätestens nach dem einzigen Film *Rancho Notorious* (*Engel der Gejagten* oder *Die Gejagten*, USA 1952), in dem sie unter seiner Regie zu spielen hatte, offen zutage. Marlene empfand ihn als Sadisten, der mit seiner «teutonischen Überheblichkeit» jeden am Set quälte – insbesondere Frauen. Lang äußerte später, daß über Marlenes negative Qualitäten als Schauspielerin in der ganzen Welt kein Zweifel bestünde.

Abe Lastfogel (1898 – 1984)
eigentlich Abraham Isaac Lastfogel
Agent

Da der Talent Agent des Los Angeles Office der William Morris Agency, Abe Lastfogel, als »alter Hase« des Showbiz galt, ernannte man ihn 1941 zum Präsidenten der neu gegründeten Camp Shows, Inc., der United Sevices Organization. Während des Zweiten Weltkriegs betreute er mehr als siebentausend auftretende Künstler und organisierte ein Netzwerk von Campshows für die im Kriegsdienst eingesetzten Amerikaner. »Uncle Abe« verlor dabei nie den Überblick. Marlene schätzte seine Beharrlichkeit und Professionalität.

Peggy Lee (1920 – 2002)
eigentlich Norma Egstrom
Sängerin, Songautorin, Arrangeurin

Peggy Lee startete ihre Karriere als Sängerin des Benny Goodman Orchesters. In den fünfziger Jahren trat auch sie, wie Marlene und Lena Horne, in den Klubs von Las Vegas auf und gehörte zum eingeschworenen Kreis der Entertainerinnen, die gegenseitig ihre Shows besuchten, auf die Perfektionierung von Details achteten, einander schätzten und unterstützten.

Ernst Lubitsch (1892 – 1947)
Regisseur, Produzent

Lubitsch, der Meister stilsicher inszenierter, brillanter Komödien, war bereits 1922 nach Hollywood gegangen. Seiner zu hohen Gagenforderung ist es zu verdanken, daß Erich Pommer 1929 Joseph von Sternberg und nicht ihn nach Berlin holte – eine folgenreiche Entscheidung auch für Marlene Dietrich. Bei der Paramount hatte Lubitsch großen Einfluß, und als Joseph von Sternberg nach sieben gemeinsamen Filmen seine »Zusammenarbeit« mit Marlene beendete, ergriff Lubitsch sofort die Gelegenheit, um zwei Projekte mit ihr zu realisieren: *Desire* (*Sehnsucht*, USA 1936, Regie: Frank Borzage), bei dem der »Lubitschs Touch« unverkennbar ist, und *Angel* (*Engel*, 1937), bei dem er selbst Regie führte. Ein dritter Film *I Loved a Soldier* wurde abgebrochen. Lubitsch wurde entlassen, und Marlene galt als Kassengift. Am Set von *Angel* hatten Lubitsch und Marlene durchaus ihre Schwierigkeiten miteinander, doch in der Regel verstanden sich die beiden gebürtigen Berliner.

Jean Louis (1907 – 1997)
eigentlich Louis Berthault
Kostümdesigner

1953 engagierte Marlene Dietrich den Kostümdesigner und Chef der Kostümabteilung bei Columbia, Jean Louis. Er kreierte für sie und mit ihr das Kostüm für die erste Bühnenshow in Las Vegas und alle weiteren Showkleider. Auch ihre Kostüme für *The Monte Carlo Story* (*Die Monte Carlo Story*, USA 1957, Regie: Samuel L. Taylor) und *Judgment at Nuremberg* (*Urteil von Nürnberg*, USA 1961, Regie: Stanley Kramer) wurden von Jean Louis entworfen. Über Marlene äußerte er später: »Sie war eine Perfektionistin, die genau wußte, was sie wollte. Sie hätte einen guten Couturier abgegeben; sie konnte nähen, konnte mit Nadel und Faden umgehen, und unterwegs flickte sie ihre Kleider selbst.«

George Patton (1885 – 1945)
Amerikanischer General

Als Marlene im Spätherbst 1944 erneut zur Truppenbetreuung nach Übersee eingeteilt wurde, begleitete sie wochenlang die 3. Armee unter General Patton. Patton soll ihr vor dem Einmarsch in deutsches Gebiet vorsorglich einen Revolver mit Perlmuttgriff geschenkt haben, den ihr der amerikanische Zoll im Sommer 1945 bei der Einreise in New York wieder abnahm. Dicht gefolgt von James Gavin war und blieb Patton ihr »Lieblingsgeneral«.

Edith Piaf (1915 – 1963)
eigentlich Edith Gassion
Sängerin

Kurz nach dem Zweiten Weltkrieg lernten sich die beiden in Paris kennen. Ab 1947 gastierte Edith Piaf in New York. Als 1949 ihr Freund, der Boxstar Marcel Cerdan, bei einem Flugzeugabsturz ums Leben kam, geriet Edith Piaf in eine tiefe Krise. Marlene unterstützte die Freundin, bemutterte sie und war 1952 ihre Trauzeugin bei der überstürzten Hochzeit mit Jacques Pills. Der zunehmenden Abhängigkeit der Piaf von Alkohol und Tabletten stand auch sie machtlos gegenüber und zog sich schließlich zurück. 1963 begleitete sie die Sängerin, die am gleichen Tag wie Cocteau starb, zur letzten Ruhe.

Ronald Reagan (1911 – 2004)
Schauspieler, Gouverneur, Präsident der USA

»Wir haben uns vor langer, langer Zeit getroffen«, schrieb die knapp Achtzigjährige aus ihrem Pariser Domizil an den gerade gewählten 40. Präsidenten der Vereinigten Staaten. Selbstverständlich habe sie für ihn gestimmt, und sie bescheinigt ihm Mut, in einer Zeit wie dieser, dieses Amt zu übernehmen.

Marlene erhielt von nun an regelmäßig persönliche Geburtstagsbriefe von Ronald und Nancy Reagan, die sie ebenso wie ein ihr gewidmetes Foto der beiden einrahmte und in ihrem Pariser Apartment an die Wand hängte.

Erich Maria Remarque (1898 – 1970)
eigentlich Erich Paul Remark
Schriftsteller

Der ersten Begegnung im Herbst 1937 in Venedig folgte eine drei Jahre währende Liebesbeziehung, in der sich Remarques literarische Produktion auf das Verfassen ebenso langer wie origineller Liebesbriefe an »das Puma« oder »Tante Lena« konzentrierte. Remarque, dem es sehr schwer fiel, sich aus dieser Beziehung zu lösen, traf sich auch in späteren Jahren noch mit Marlene. Seine Heirat mit »the bitch« [Zitat Marlene] Paulette Goddard 1958 nahm Marlene ihm natürlich übel und fühlte sich nach seinem Tod als eigentliche Witwe.

Rainer Maria Rilke (1875 – 1926)
eigentlich René Maria Rilke
Dichter

Als knapp Zwanzigjährige in Weimar begann Marlene für Rilke zu schwärmen. Er wurde und blieb ihr favorisierter Dichter. 1937 in Venedig beeindruckte sie mit einem Rilke-Bändchen unter dem Arm und der Fähigkeit, sofort mehrere ihrer Lieblingsgedichte zu rezitieren, auch Erich Maria Remarque. Die Verehrer wechselten – Rilke blieb ihr Begleiter. Neunzehn Rilke-Ausgaben, zumeist aus der Insel-Reihe, befinden sich in ihrer Bibliothek. Noch als Achtzigjährige zitierte sie seine Gedichte aus dem Gedächtnis, wobei sie dem Gedicht »Herbsttag« bezeichnenderweise den Titel »Einsamkeit« gab. 1987 hatte sie eine Plattenaufnahme »Marlene Dietrich rezitiert ihre deutschen Lieblingsautoren Goethe und Rilke« erwogen, die jedoch nicht mehr zustande kam.

Maximilian Schell (* 1930)
Schauspieler, Regisseur

Maximilian Schell und Marlene Dietrich standen 1961 für den Film *Judgment at Nuremberg* (*Das Urteil von Nürnberg*, Regie: Stanley Kramer) gemeinsam vor der Kamera. Während Schell bereits in der vorab entstandenen TV-Version des Dramas mitgewirkt hatte, wurde Marlenes Rolle für den Kinofilm erst hinzugeschrieben. Schell erhielt damals für seine Darstellung des Verteidigers Hans Rolfe einen Oscar.

Als sich Marlene 1982 nach langem Zögern und komplizierten Verhandlungen endlich auf einen Regisseur für die geplante Dokumentation über ihr Leben einließ, entschied sie sich für Schell. Tonbandaufzeichnungen ihrer Gespräche und die von Marlene vorgegebenen Filmausschnitte bilden die Grundlage seiner Dokumentation.

Simone Signoret (1921 – 1985)
eigentlich Simone Henriette Charlotte Kaminker
Schauspielerin

Simone Signorets unabhängige und konsequente Haltung beeindruckte Marlene. Rührige Talentsucher versuchten bereits Ender der vierziger Jahre, Signoret und Montand nach Amerika zu holen. Als beide 1950 den Stokkholmer Appell unterschrieben, war an ein USA-Gastspiel vorerst nicht mehr zu denken. Ihre Schauspielkunst und ihre politische Überzeugung führten die Signoret oft in die Länder des sogenannten Ostblocks. In Warschau und Moskau war sie schon Jahre vor Marlene zu Gast. Auch ihre

Israel-Reise fand vor der Marlenes statt. Für die devote Geduld, mit der die Signoret die Affairen ihres Ehemanns Yves Montand hinnahm, hatte Marlene kein Verständnis.

Johannes Mario Simmel (*1924)
Schriftsteller

Die Kurzgeschichte »Ein Brief an die unsterbliche Marlene«, die Simmel 1949 geschrieben und 1979 in seinem Erzählband »Die Erde bleibt noch lange jung« erstmals veröffentlicht hatte, fand vor Marlene Gnade. Nachdem Simmel von seinem Freund Max Colpet erfahren hatte, daß sie seine Kurzgeschichten »sehr gut« fand, schickte er ihr alle bis dahin erschienen zweiundzwanzig Bücher. Das war der Beginn einer langen Brieffreundschaft zwischen Simmel und der Vielleserin Marlene.

Frank Sinatra (1915 – 1998)
eigentlich Francis Albert Sinatra
Schauspieler, Sänger

Frank Sinatra war für Marlene Dietrich »einer der zärtlichsten Männer, die ich kenne«.

In den fünfziger Jahren begegneten sie sich häufig in Las Vegas. Sinatra war das beste Mittel gegen den Trennungsschmerz, an dem sie noch immer seit ihrer Affäre mit Yul Brynner litt. Als Reminiszenz an ihre gemeinsame Zeit in Las Vegas schenkte Sinatra ihr ein – selbstverständlich unechtes – Goldarmband mit Anhängern aus Jetons eines Spielkasinos. Ein einziges Mal standen beide gemeinsam in dem Film *Around the world in 80 days* (*In 80 Tagen um die Welt*, USA 1956, Regie: Michael Anderson) vor der Kamera.

Josef von Sternberg (1894 –1969)
eigentlich Jonas Sternberg
Regisseur, Autor

Die Liste derer, die Marlene Dietrich dem Regisseur Josef von Sternberg 1929 als Hauptdarstellerin für den Film *Der blaue Engel* empfohlen haben wollen, ist lang. Tatsache ist, daß er sie auf der Bühne in »Zwei Krawatten« das erste Mal sah und daß dieser Begegnung sieben gemeinsame Filme folgten. Marlene wurde nicht müde, zu erwähnen, daß er ihr Meister sei und sie sein »Geschöpf«. Auch später begegneten sie sich auf Filmfestivals oder zu anderen öffentlichen Anlässen. Sternberg haßte es mittlerweile, daß sein Werk auf die Filme mit Marlene Dietrich reduziert wurde.

Kenneth Tynan (1927–1980)
Kritiker, Autor

Marlenes erster Auftritt im Londoner Café de Paris brachte sie 1954 mit dem Theaterkritiker Kenneth Tynan zusammen. Ihm eilte der Ruf voraus, der beste seines Fachs in England zu sein. Marlene erzählte Tynan ihr Leben, verschwieg natürlich auch ihm ihr wahres Geburtsdatum, und er schickte ihr Blumen mit einem Gruß von einem »Opfer, das nie zuvor einen charmanteren oder gnädigeren Kritiker hatte«.

Tynan schrieb eine Reihe brillanter Kritiken zu ihren Showauftritten und eine immer wieder zitierte Charakteristik der Dietrich: »Zwei oder drei Dinge, die ich von Marlene Dietrich weiß.« Auszüge daraus sind auch im Anhang ihrer Autobiographie enthalten, für die sie sich Tynans sachverständigen Rat einholte, um ihn dann doch nicht zu befolgen.

Mike Todd (1907 – 1958)
eigentlich Avrom Hirsch Goldenbogen
Produzent

Bereits Ende der 30er Jahre wollte Mike Todd Marlene für eine Theateraufführung gewinnen. In dem von ihm produzierten Film *Around the world in 80 days* (*In 80 Tagen um die Welt*; Regie: Michael Anderson) gelang es ihm 1956, sie ebenso wie zahlreiche andere Stars für einen kurzen Gastauftritt, noch dazu in einer gemeinsamen Szene mit George Raft als Rausschmeißer und Frank Sinatra als Klavierspieler, zu engagieren. Den Preis dafür offenbarte er nie. Todd war zu jener Zeit schon mit Liz Taylor liiert – für Marlene geradezu eine Aufforderung, mit ihm am Set zu flirten.

Orson Welles (1915 – 1985)
Schauspieler, Regisseur, Autor

Orson Welles hatte als einziger die Gelegenheit, Marlene Dietrich zu zersägen – in seiner Zauberrevue »The Mercury Wonder Show«, mit der beide 1943 vor US-Soldaten in Hollywood auftraten. Marlene war später sogar bereit, in seinem Film *Touch of Evil* (*Im Zeichen des Bösen*, USA 1958) ohne Gage mitzuwirken. Marlene Dietrich: »Jedesmal, wenn ich ihn sehe und mit ihm spreche, ist mir zumute wie einer Pflanze nach dem Regen. Sein klarer Verstand ist mit einem einfachen und praktischen Herzen gepaart. Er ist freigebig mit beiden.«

Mae West (1893 – 1980)
eigentlich Mary Jane West
Schauspielerin

Mae West sei die Ursache gewesen für die Gründung des Hays Office – der nach dem Präsidenten der »Motion Picture Producers and Distributors of America«, Will Hays, benannten puritanischen Zensurbehörde Hollywoods –, behauptete Marlene später scherzhaft. Die freizügige, humorvolle und äußerst selbstbewußte Art des Stars Mae West aus der benachbarten Garderobe imponierte der erst kurze Zeit bei der Paramount unter Vertrag stehenden Marlene Anfang der dreißiger Jahre .

Ihr Kontakt ging jedoch nie über das Studiogelände hinaus. Mae Wests Privatsekretär ihres letzten Lebensjahrzehnts berichtete, daß sie oft von Marlene schwärmte und ihr Geschenk, ein Opernglas in einem Brokatbeutel, stets bei sich trug.

Billy Wilder (1906 – 2002)
eigentlich Samuel Wilder
Regisseur, Autor

Bereits 1929 interviewte der junge Journalist Wilder die Schauspielerin Marlene Dietrich, die in Berlin in Georg Kaisers musikalischer Revue »Zwei Krawatten« auf der Bühne stand. Als Wilder 1934 nach Hollywood kam, trafen sie sich wieder. Nach seinen Angaben gehörte Marlene seitdem zu seinen engsten Freunden. In seinem Haus hatte er stets ein Zimmer für sie frei. Zwei ihrer erfolgreichsten Filme, *A Foreign Affair* (*Eine auswärtige Angelegenheit*, 1948) und *Witness for the Prosecution* (*Zeugin der Anklage*, 1958), entstanden unter seiner Regie.

Danksagung

Mein Dank gilt jenen, deren Vorstellungskraft und Können dieses Buch ermöglichten: Claudia Vidoni und Peter Riva.

Und Marlene Dietrich, die mir dieses Geschenk hinterließ.

Maria Riva

Inhaltsverzeichnis

Bildnachweis

 FILM
MUSEUM
BERLIN

**Marlene Dietrich
im Filmhaus
am Potsdamer Platz**

Öffnungszeiten: Filmmuseum Berlin
Di bis So Potsdamer Straße 2
10 – 18 Uhr 10785 Berlin
Do fon: 030 - 30 09 03 - 0
10 – 20 Uhr fax: 030 - 30 09 03 13
Mo geschlossen

e-mail: info@filmmuseum-berlin.de
www.filmmuseum-berlin.de